LOUISE COLLET

HISTORIETTES

MORALES

PARIS

A. ROYER, ÉDITEUR

1845

HISTORIETTES MORALES.

Paris — Typographie de COSSON, rue du Four-Saint-Germain, 47.

Madame

HISTORIETTES

MORALES,

PAR MADAME LOUISE COLET.

PARIS,

A. ROYER, ÉDITEUR,

241, PLACE DU PALAIS-ROYAL

—

1845

1844

DÉDICACE A MES ENFANTS.

O chers et beaux enfants! ô doux oubli du monde!
Charme des jours présents, baume des jours passés!
Quand je baise à la fois vos têtes brune et blonde,
Quand je vous tiens tous deux sur mon sein enlacés,

Si vous me souriez, toute douleur s'efface;
J'entrevois dans vos yeux comme un reflet du ciel;
Le siècle et ses clameurs alors n'ont plus de place
Dans mon cœur, tout entier à l'amour maternel.

Je ne pense qu'à vous, je renais, et j'oublie
Que pour moi de la vie arrive le déclin.
A mes jours écoulés votre avenir se lie,
Et je retrouve en vous comme un second destin.

Qu'il m'est doux d'épier avec sollicitude
Le germe à peine éclos de vos jeunes penchants!
Chaque jour, pour mon cœur, quelle ineffable étude
Que vos instincts heureux et vos désirs touchants!

Quel charme de guider votre âme vierge encore
Dans les nobles sentiers que vous suivrez un jour,
Aux luttes à venir de former votre aurore
Par des récits naïfs et graves tour à tour!

Les exemples du bien intéressent l'enfance;
Suivez-les Pratiquez la morale du Christ :
Plutôt qu'être offenseurs, sachez subir l'offense.
Soyez bons: un grand cœur vaut mieux qu'un grand esprit

Au matin de la vie, enfants, la gloire est belle :
Elle attire, elle enchante, elle ennoblit parfois ;
Mais il ne faut jamais, quand sa voix nous appelle,
Lui laisser dans nos cœurs étouffer d'autres voix,

Les voix de ces vertus plus belles que la gloire :
Le dévouement, l'amour, le respect du malheur.
C'est à ces purs instincts, enfants, qu'il vous faut croire ;
Ils rendent l'homme heureux en le rendant meilleur.

PIC DE LA MIRANDOLE,

Nouvelle historique du quinzième siècle.

PIC DE LA MIRANDOLE.

Je voudrais, enfants, faire pénétrer dans votre âme une pensée que vous comprenez trop tard : c'est que le travail n'est pas seulement un devoir dans la vie, mais souvent aussi une source de gloire et de félicité.

L'histoire que je vais vous conter vous prouvera

à quel bonheur et à quelle renommée peut conduire l'amour de l'étude.

Près de Modène, en Italie, dans un vieux château fortifié, vivait, au quinzième siècle, François de la Mirandole, comte de Concordia.

Ses ancêtres avaient été des princes puissants et des guerriers célèbres ; ils s'étaient fait redouter de tous leurs voisins et principalement des Bonacossi, seigneurs de Mantoue, qui avaient voué une haine héréditaire aux comtes de la Mirandole. Au moment où commence notre histoire, cette haine n'était pas éteinte. Des querelles toujours renaissantes l'alimentaient, et François de la Mirandole se tenait constamment sous les armes pour repousser les attaques du seigneur Bonacossi, qui avait de puissants partisans dans le gouvernement de Modène. Le comte François avait trois fils : les deux aînés, partageant son humeur belliqueuse, avaient embrassé avec joie la carrière des armes ; mais le plus jeune, Jean Pic de la Mirandole, qui n'avait que dix ans, enfant rêveur et doux, fuyait tous les exercices bruyants et passait les heures à étudier auprès de sa mère, qui avait pour lui une tendre prédilection. Son père contrariait ses goûts paisibles ; il le traitait durement et lui disait parfois qu'il serait la honte d'une famille dont tous les ancêtres s'étaient fait un nom dans la guerre. L'enfant ne versait pas de larmes à ces reproches, il y était presque indifférent, car il sentait qu'il avait en lui de quoi se justifier un jour.

Sa mère, douée d'un esprit éclairé, était heureuse de voir un de ses fils se consacrer à l'étude ; elle suivait les progrès de cette jeune intelligence, et elle était étonnée de la voir embrasser sans effort les diverses branches des sciences et des arts.

A dix ans, il connaissait déjà toute la littérature ancienne, et il faisait des vers qui étaient admirés par tous ceux qui les entendaient. Sa mère aimait à les lui faire répéter, et souvent, dans un transport d'orgueil et de tendresse maternelle, elle s'écriait : — Jean est un enfant providentiel, destiné à de grandes choses.

Elle n'avait pu faire partager cette opinion au comte François, son époux ; mais elle avait enfin obtenu de lui qu'il laisserait grandir en paix le noble enfant dont il ne devinait pas le génie.

Cependant une nouvelle discussion entre le seigneur Bonacossi et le comte de la Mirandole devint la cause d'une guerre où les deux familles jurèrent, en prenant les armes, de ne les quitter qu'après que l'une d'elles serait anéantie. Les combats furent longs et meurtriers ; des deux côtés la valeur

était la même, et la victoire ne se serait pas décidée à nombre égal ; mais le comte François, qui
n'était pas aimé, vit se coaliser contre lui plusieurs
princes voisins, et il fut vaincu par Bonacossi ; celui-ci aurait exterminé la race entière du comte si
le gouvernement de Modène n'était intervenu. Les
Mirandole eurent la vie sauve, mais tous leurs biens
furent confisqués et on les exila des États de Modène,
où ils ne pouvaient rentrer sous peine de mort.

Ce fut un jour de grande douleur pour le comte
que celui où il fut chassé avec sa famille du châ-

teau de ses pères, et où il dut aller mendier sur la

terre étrangère le pain de l'hospitalité; il versa des
larmes de rage en passant sous la porte blasonnée
de son manoir féodal, et ses fils aînés, forcés de
contenir leur indignation contre le vainqueur,
poussèrent un cri semblable au rugissement de
jeunes lionceaux. Leur mère, qui tenait par la main
son plus jeune fils, était accablée d'un morne désespoir; l'enfant comprit tout ce que sa douleur
muette avait de profond, et il lui dit d'une voix
ferme et pleine de conviction: — Consolez-vous,
ma noble mère, nous reviendrons un jour; nous
ne mourrons pas sur la terre d'exil.

La comtesse de la Mirandole avait un frère,
prieur d'un couvent près de Bologne: elle résolut
d'aller lui demander asile pour sa famille. *Fra Rinaldo* accueillit les exilés avec tous les égards et tout
l'empressement dus au malheur; il mit à leur dis-
position une petite *villa* dépendante du monastère;
ils y trouvèrent une vie douce et calme.

Mais le comte et ses fils aînés, accoutumés au
luxe et au commandement, ne pouvaient se faire à
cette existence obscure. Ils se lièrent d'amitié avec
plusieurs gentilshommes des environs; ils allaient
chasser sur leurs terres, prenaient parti dans leurs
querelles et tâchaient ainsi de gagner leur amitié
et de les décider à leur prêter des troupes pour re-

conquérir leur patrimoine. Jean ne suivait pas son père et ses frères dans ces excursions ; il restait toujours auprès de sa mère et de son oncle le prieur, homme sage, plein de science et de bonté, qui avait pour lui la plus tendre affection et qui dirigeait ses études. L'intelligence de l'enfant grandissait chaque jour sous un pareil maître, et bientôt il surpassa en esprit et en érudition tous les religieux du monastère. Il restait des heures entières enfermé avec son oncle dans la vaste bibliothèque du couvent ; ils apprirent ensemble le latin, le grec, le chaldéen, l'hébreu et l'arabe, et ils étudièrent tous les ouvrages écrits dans ces diverses langues.

Je ne pourrais vous dire, enfants, que de plaisirs vifs, que de joies complètes, ces études variées firent goûter au jeune Pic de la Mirandole. Il vivait avec tous les peuples anciens, qui venaient tour à tour lui parler leurs idiomes et l'entretenir de leurs gloires.

En cultivant son esprit, son oncle n'avait pas négligé d'éclairer son âme ; avant de lui enseigner les sciences de la terre, Fra Rinaldo l'avait initié à une science vraiment divine, à celle qui ne nous apprend pas à connaître Dieu, car Dieu nous est révélé par un instinct de l'âme et par les œuvres sublimes de la création ; mais qui nous fait distin-

guer dans les religions la vérité de l'erreur et nous
montre combien le christianisme est supérieur aux
autres cultes.

Jean étudia les livres saints avec foi; il en
pénétra les mystères et le sens que Dieu dérobe
souvent aux esprits orgueilleux ou superficiels :
puis, lorsqu'il eut approfondi les deux grands
codes de nos croyances, la Bible et l'Évangile, il lut
les écrits que les saints pères et les docteurs nous
ont laissés sur ces livres divins, et il fut bientôt versé
dans toutes les profondeurs de cette haute science
qu'on appelle la théologie. Cette science était alors
en honneur dans toutes les universités de l'Europe ;
chaque année les plus célèbres professeurs faisaient
soutenir des thèses par leurs élèves, et ceux qui

pouvaient résoudre les questions difficiles propo-
sées par leur maître étaient couronnés en public.

Jean, quoique absorbé par le travail et l'étude,
ne pouvait être indifférent aux chagrins de ses parents. Bien qu'il ne partageât pas les goûts et les
idées de son père, il admirait avec respect ce vieux

guerrier vaincu, qui brûlait de recouvrer par les
armes les domaines de ses ancêtres et qui se con-

sumait en voyant chaque jour s'éloigner son espérance. Un soir, le comte était rentré avec ses fils
aînés, plus mécontent que de coutume; il arrivait d'un château voisin, habité par un seigneur
puissant, qui lui avait promis plus d'une fois le secours de ses armes, et qui, sommé de tenir sa parole, venait de lui faire une réponse évasive. De
retour dans sa modeste habitation, le comte exhala
toute l'amertume de ses pensées, s'écriant qu'il ai-
merait mieux se donner la mort que de vivre plus
longtemps dans l'abaissement où ses revers l'avaient
placé. Ses fils aînés répétèrent ses paroles, et ils jurèrent d'aller se faire tuer dans quelque guerre étrangère plutôt que de languir dans l'obscurité. Témoin
de cette douleur violente, la comtesse versa des larmes, et son fils Jean tâcha de calmer le désespoir
de son père et de ses frères. Mais, voyant qu'il ne
pouvait y réussir et qu'on répondait par le sar-
casme à ses paroles de paix, le noble enfant resta
rêveur, réfléchissant s'il ne trouverait pas quelque
moyen de rendre à ses parents le bonheur et la
tranquillité.

Tandis que la famille exilée se livrait à la douleur,
Fra Rinaldo, le prieur du couvent, entra dans
l'appartement où elle était réunie. — Je vous annonce, dit-il, une nouvelle qui sera sans doute fort

indifférente à plusieurs d'entre vous, mais que Jean apprendra avec intérêt. — Laquelle? dit avec vivacité le jeune Pic de la Mirandole, accourant vers son oncle. — L'arrivée du célèbre professeur Lulle : il vient pour faire soutenir des thèses de théologie aux élèves de l'Université de Modène. — Oh! que je voudrais le voir, s'écria l'enfant avec enthousiasme; Lulle, le plus grand savant de l'Europe! Oh! mon oncle, ce doit être un homme bien merveilleux. Puis, s'apercevant que son admiration naïve excitait l'ironie de ses frères, il se tut; mais il prit en silence une grande résolution.

Lorsque le prieur se leva pour sortir, il le suivit, et, aussitôt qu'il put lui parler sans témoins, il lui dit: — Mon oncle, je veux aller à Modène, je veux voir le célèbre professeur Lulle, je veux soutenir une thèse devant lui et faire honneur au nom de mon père! Mon oncle, croyez-vous que je serai vainqueur ou que mon désir soit une illusion de l'orgueil? — Enfant, répondit Fra Rinaldo, ta pensée est noble et grande, et, quoique bien jeune encore, je te crois assez savant pour soutenir une thèse devant Lulle; mais comment aller à Modène? ta famille en est proscrite et elle ne peut y rentrer sous peine de mort; toi-même, malgré ton âge, tu as été compris dans cette horrible proscription. Ce

serait un acte de démence d'exposer ta vie pour un
vain désir de gloire ! — Oh ! vous ne m'avez pas
compris ! s'écria Jean avec douleur ; ce n'est point
un désir de gloire qui m'anime, c'est une pensée
meilleure ! Et alors il dit à son oncle ce qui le
poussait à ce périlleux projet ; et le religieux, tou-
ché et convaincu par la sagesse de ses paroles et
par la sublimité de son dévouement, lui promit de
le seconder. Il fut résolu qu'on cacherait son voyage
à sa famille, et que le lendemain il partirait, accompagné d'un frère lai, sous prétexte de se rendre à un couvent voisin, dont le supérieur désirait
le connaître ; mais qu'il prendrait en réalité la route
de Modène, où il arriverait sous le seul nom de
Jean, comme un jeune écolier recommandé au célèbre Lulle par Fra Rinaldo, qui avait connu autrefois ce célèbre professeur.

Après avoir obtenu cette promesse du prieur,
l'enfant tomba à ses genoux et le remercia en pleurant d'avoir consenti à son voyage ; le religieux le
bénit, puis ils se séparèrent. Jean ne put dormir
de la nuit : tout ce qu'il aurait à dire au professeur
Lulle s'agitait dans son esprit ; la crainte d'un
échec le tourmentait, et l'espérance d'un succès
jetait du feu dans ses veines. Quand le jour parut,
il se leva et courut au monastère chercher son

oncle ; Fra Rinaldo vint à lui , et ils allèrent ensemble auprès de sa mère. Ce fut avec beaucoup de peine que le prieur obtint de la comtesse que Jean irait passer quelques jours chez le supérieur d'un couvent voisin ; la pauvre mère n'avait jamais quitté son enfant, et elle sentait qu'elle allait se trouver bien isolée pendant son absence. Cependant, Fra Rinaldo lui ayant représenté que ce voyage aurait un but d'utilité pour son fils, elle ne s'y opposa pas, mais elle versa des larmes en le voyant partir.

Fra Nicolo, frère lai à qui étaient confiés les embellissements du jardin du monastère et qui avait une affection particulière pour Jean, fut chargé de l'accompagner, de l'entourer de ses soins et de le protéger de son expérience. Il monta sur une petite mule blanche qui servait aux frères quêteurs du couvent, assez fringante pour les mener d'un bon pas, assez douce pour les conduire sans danger. Jean , après avoir embrassé ses parents , sauta en croupe derrière Fra Nicolo , et ils prirent ainsi la route de Modène.

L'enfant avait caché dans son sein la lettre que son oncle lui avait donnée pour le docteur Lulle , et il avait mis dans un petit sac attaché à sa ceinture toutes les thèses de théologie qu'il avait écrites d'après ses études ; il savait qu'en les relisant at-

tentivement avant de soutenir celle qui lui serait
proposée par le docteur, il pourrait en résoudre
hardiment toutes les questions; car son intelligence
avait épuisé la science de la théologie comme toutes
les autres. Plein de sécurité sur ce qu'il aurait à
répondre au célèbre professeur, il fit son voyage
gaîment et en se livrant à toutes les distractions
de l'enfance ; car, chose remarquable, il joignait
au plus grand savoir tous les goûts de son âge;
c'est ce qui faisait qu'on l'admirait et qu'on l'aimait
en même temps. Dieu lui avait donné un génie qui
pénétrait tout facilement, et l'enfant, travaillant
sans effort, n'était pas vieilli précocement par l'é-
tude.

Chemin faisant, il se livra à mille joies folles:
souvent, sous prétexte de soulager sa monture, il
mettait pied à terre, et, s'élançant à travers champs,
il allait cueillir des fleurs nouvelles pour son her-
bier ou demander aux vendangeurs quelques-unes
de ces belles grappes du raisin délicieux d'Italie,
dont les ceps se suspendent aux arbres en guirlan-
des de verdure; il rapportait toujours à Fra Nicolo
la moitié des fruits qu'on lui donnait, et il s'amu-
sait à remercier les vendangeurs en arabe ou en
hébreu, ce qui faisait beaucoup rire ces bonnes
gens qui ne le comprenaient pas. D'autres fois, pre-

nant l'avance sur la mule paresseuse, il courait sur la route, à perte de vue; puis, se cachant derrière un arbre, il se dérobait aux regards de Fra Nicolo, qui, pour l'atteindre, avait donné de l'éperon à sa pauvre mule. Lorsqu'il avait bien joui de l'embarras de son guide, il reparaissait tout à coup à ses yeux, et Fra Nicolo, après une douce réprimande, l'aidait à sauter sur la monture qui reprenait son petit trot.

Aussitôt qu'ils furent arrivés à Modène, Jean, accompagné de Fra Nicolo, se présenta chez le docteur Lulle; celui-ci prit la lettre du prieur sans re-

garder l'enfant qui la lui présentait, et la lecture
de cette lettre le disposa d'abord en sa faveur ; mais
quand il leva les yeux et qu'il vit cette jeune tête
de treize ans, il crut un instant que Fra Rinaldo
avait voulu se moquer de lui en lui parlant de
Jean comme de l'écolier le plus célèbre de l'Italie ;
cependant, la lettre était si précise, et celui qui la
lui remettait y était recommandé avec de si vives
instances qu'il se décida à lui adresser quelques
questions pour le mettre à l'épreuve. Jean y répondit avec tant de netteté et de profondeur que le
docteur en fut confondu et l'admit tout de suite au
concours ; les candidats devaient soutenir une thèse
de théologie en présence des magistrats de la ville
et de tous les savants de l'Italie.

Ce jour, si vivement attendu par Jean, arriva ;
et, au moment où il entra dans l'enceinte où devait
se livrer le docte combat, il sentit une force d'esprit surnaturelle : Dieu semblait avoir doublé son
intelligence pour le faire triompher.

Le podestat de Modène, entouré des magistrats
et des princes feudataires de cet État, était assis
sur un fauteuil couvert de pourpre, d'où il domi-
nait toute l'assemblée. Parmi les hauts seigneurs,
Jean reconnut tout à coup Bonacossi, ennemi de
sa famille et cause de sa ruine ; sa présence l'en-

flamma d'une nouvelle ardeur, et il résolut de rendre au nom de son père l'éclat dont on l'avait dépouillé.

La salle était remplie ; on se pressait dans les tribunes livrées au public, et le docteur Lulle, couvert de sa longue robe noire bordée d'hermine, était monté dans sa chaire. En face de lui se tenaient debout les six élèves qu'il allait interroger ; ils étaient aussi vêtus d'une robe noire, mais sans hermine. Parmi eux, le jeune Pic de la Mirandole attirait tous les regards et excitait l'étonnement général. C'était en effet un spectacle extraordinaire que de voir cet enfant à la chevelure blonde, aux joues roses et fraîches, aux yeux vifs, mais pleins de candeur, couvert d'une robe de docteur et prêt à soutenir une thèse de théologie. L'enfant, un peu embarrassé par tous ces regards qui se fixaient sur lui, tenait la tête baissée et écoutait attentivement les réponses que les autres élèves faisaient aux argumentations du docteur. Quand leur examen fut fini et que son tour arriva, enhardi par leur faiblesse, il leva les yeux avec assurance sur le docteur Lulle qui l'interrogeait ; mais, dans ce mouvement, son regard se porta involontairement vers une des tribunes publiques, et il fut près de laisser échapper un cri en reconnaissant sa mère au milieu de la

foule, sa mère qui avait deviné, puis arraché la vérité à Fra Rinaldo sur l'absence de son fils, et qui
était accourue à Modène pour mourir avec lui, s'il
était reconnu par leur ennemi. Le jeune savant
comprima l'émotion qui l'avait saisi en apercevant
sa mère, et, inspiré par tous les sentiments qui
élèvent l'âme, il répondit avec une clarté parfaite
et une éloquence entraînante à tous les points de
science posés par le docteur. Celui-ci, étonné d'une
pareille supériorité, tâchait de prendre en défaut
cette haute intelligence; mais il multiplia vaine-
ment les subtilités de la scolastique, l'enfant semblait se jouer de toutes difficultés. Enfin, Lulle,
vaincu par son génie, et entraîné par l'enthousiasme de l'assemblée, le déclara digne de la récompense promise par le podesdat de Modène à
celui des six candidats qui soutiendrait sa thèse
avec le plus d'éclat.

Jean, conduit par le docteur, s'avançait vers les
gradins où étaient assis les magistrats et les princes. Plein de joie, mais sans orgueil, il tenait les
yeux fixés sur sa mère dont l'émotion se trahissait
par des larmes; tout à coup une voix s'éleva : c'é-
tait celle du seigneur Bonacossi, de l'ennemi de sa
famille. —Le nom ! demandez le nom de cet enfant !
criait-il au podestat de Modène; car son regard

haîneux venait de reconnaître le fils du comte de
la Mirandole. A ces paroles qu'elle a comprises, la
mère, pleine d'effroi, fend la foule et s'élance auprès de son fils; elle l'entoure de ses bras, comme
pour le défendre de tout danger. Mais l'enfant in-
trépide se dégage de l'étreinte maternelle, et, se
plaçant devant le podestat, il lui dit d'une voix
forte : « Je me nomme Jean Pic de la Mirandole,
fils du seigneur de la Mirandole, comte de Concordia; je sais que ma famille est proscrite et que nul
de nous ne peut rentrer dans ces murs, sous peine
de mort! Je vous livre ma tête, seigneur Bonacossi;
mais je vous demande à vous, podestat de Modène,
la récompense qui m'est due pour mon triomphe
d'aujourd'hui. Vous le savez, le choix de cette récompense m'est laissé! Eh bien! accordez-moi la
grâce de ma famille, rendez ses biens, ses honneurs,
sa patrie à mon père, puis faites-moi mourir, si
vous le trouvez juste ! »

Mille voix s'élevèrent pour l'applaudir; tous les
cœurs étaient attendris, des larmes coulaient de
tous les yeux; le podestat lui-même, ne pouvant
contenir son émotion, embrassa le noble enfant
et lui accorda sa grâce et celle de sa famille. Bonacossi fut contraint de restituer au comte de la Mirandole les domaines de ses ancêtres, et cet héri-

tage, perdu par les armes, fut reconquis par l'éloquence d'un enfant.

Pic de la Mirandole devint l'homme le plus savant de son siècle ; il voyagea dans toute l'Europe ; les universités les plus célèbres retentirent de son éloquence ; celle de Paris lui accorda de grands honneurs, et Charles VIII, qui régnait alors en France, l'appela son ami.

L'IMPRUDENCE.

Enfants, ne jouez pas si près de la rivière.
Pour vous mirer dans l'eau n'inclinez pas vos fronts,
Votre pied imprudent peut glisser sur la pierre;
Vous êtes tout petits et les flots sont profonds!
Mais vous n'écoutez pas ma voix qui vous appelle :
Aux poissons effrayés vous lancez des cailloux,
Vous allez du pêcheur démarrer la nacelle,

Et, penchés sur les bords, vous l'attirez vers vous;
Puis, livrant au courant un rameau qu'il entraîne,
Pour le ravir encor vous accourez plus bas;
Quand la main d'un géant pourrait l'atteindre à peine,
Vous voulez le saisir avec vos petits bras !...
Venez vers moi, venez, avant que je vous gronde;
Enfants, de ces plaisirs je vous prive à regret,
Mais on ne revient pas au-dessus de cette onde,
Et si vous y tombiez, votre mère en mourrait !...
A mes sages avis vous ne voulez pas croire;
Venez, je vais vous dire une tragique histoire.

C'était dans le printemps, quand la terre verdit,
Alors qu'abandonnant le foyer de famille,
Vous allez, à l'abri de la verte charmille,
Recommencer les jeux que l'hiver suspendit;
Alors que le soleil apparaît sans nuage,
Qu'une neige de fleurs couvre les églantiers,
Que chaque arbre vous offre un nid à mettre en cage,
Et que des fruits vermeils brillent aux cerisiers.

Un matin, parcourant la campagne nouvelle,
Une mère jouait avec ses deux enfants;
Mère comme la vôtre, aussi bonne, aussi belle,
Le bonheur se peignait dans ses yeux triomphants !...
« Venez, mes chers petits, courons dans la prairie, »
Disait-elle en fuyant; et, redoublant leurs pas,

Derrière elle accouraient Léopold et Marie ;
Et leur mère riait en leur tendant les bras ,
Et tous deux s'y jetaient ; puis, s'élançant plus vite ,
Ils voulaient à leur tour parvenir jusqu'au but ;
Le premier qui du champ atteignait la limite
D'un baiser maternel recevait le tribut :
Jeux d'amour qu'avec vous fait encor votre mère,
Doux ébats, ce jour-là, souvent recommencés !...
Le soleil mesura deux heures sur la terre
Avant que les enfants eussent dit: c'est assez ;
Puis, le cœur haletant , sur la mousse ils s'assirent ,
Ils cueillirent des fleurs sur les bords du chemin ,
Et , formant des bouquets qu'à leur mère ils offrirent ,
Joyeux, ils s'écriaient : « Nous reviendrons demain. »
« — Oui, demain mes amis, si vous êtes bien sages,
» Sur le gazon fleuri nous reviendrons sauter ;
» Maintenant la chaleur a mouillé vos visages,
» Reposez-vous encor, c'est l'heure du goûter. »
Alors vous eussiez vu cette mère attentive
Donner à ses enfants des fruits et des gâteaux ;
Et tous deux bondissant , tant leur joie était vive,
Oublièrent soudain le besoin du repos :
« Vois-tu la belle fleur, là-bas, vers cette pierre ?
» Dit Marie à son frère, en montrant un iris ;
» Viens, courons, paresseux ; j'y serai la première,
» Et maman d'un baiser m'accordera le prix. »
Léopold la suivit dans sa course légère ,
Leur mère ne vit point où s'égaraient leurs pas ;

Tout entière aux pensers que le bonheur suggère,
Elle s'occupait d'eux... et ne les suivait pas,
Sur le gazon assise, elle restait rêveuse,
Dans le recueillement, elle baissait les yeux;
Bientôt son jeune époux (oh! qu'elle était heureuse!)
De ses enfants aussi partagerait les jeux!
Il allait revenir après un long voyage,
Il allait ressentir tout ce qu'elle éprouvait;
Déjà de ses transports elle se peint l'image,
Et ses enfants fuyaient tandis qu'elle rêvait...
« J'ai la fleur, » dit Marie, et sa main triomphante
Agita dans les airs un iris arraché;
« Vois-tu comme il est beau! maman sera contente,
» N'est-ce pas? viens le voir... Mais, tu parais fâché?
» Viens, le vent du midi l'a couvert de poussière,
» La chaleur a plié ses beaux panaches bleus,
» Viens, allons le baigner aux eaux de la rivière;
» Viens, ne sois plus jaloux, il sera pour nous deux.
» J'ai bien soif! dans nos mains nous boirons l'eau limpide,
» Il n'est point de dangers, ne sois pas si timide;
» Écoute, Léopold! — Oh non, répond l'enfant,
» N'approche pas, ma sœur, maman nous le défend!
» — Ne crains rien, dit Marie, en détournant la tête,
» Maman ne nous voit pas; maintenant elle dort;
» Viens voir comme dans l'eau ma robe se reflète!
» Viens voir ces beaux poissons à la nageoire d'or! »
Et la jeune étourdie, en se penchant sur l'onde,
Puisait l'eau dans ses mains, mouillait la fleur d'azur,

Dans les flots transparents mirait sa tête blonde,
Et sur la grève humide avançait d'un pas sûr.
Près d'elle elle a cru voir un poisson qui frétille,
Dans l'eau, pour le saisir, son bras s'est enfoncé;
Tout à coup on entend la pauvre jeune fille
Pousser un cri d'effroi... Son pied avait glissé!...
Le courant l'entraîna... Sa malheureuse mère
Accourut à sa voix, hélas! c'était trop tard!...
Elle voulait mourir dans sa douleur amère,
Et sur les flots profonds fixait un œil hagard.
Dans sa triste demeure on l'emporta mourante;
Léopold la suivait en appelant sa sœur,
Sa sœur, que rejeta la vague indifférente
            Aux filets du pêcheur!

On recueillit son corps qu'avait souillé la fange;
Son âme s'envola sur les ailes d'un ange
Vers ce monde où Jésus rend les enfants heureux;
Mais, hélas! son bonheur n'y fut pas sans mélange :
Elle voyait sa mère, et pleurait dans les cieux!
Elle la vit longtemps ici-bas, désolée,
Traîner ses tristes jours, puis descendre au cercueil :
Un prêtre la coucha dans un froid mausolée,
Près du prêtre priait un orphelin en deuil.

Léopold n'avait plus ni sa sœur, ni sa mère;
Le malheur le frappa dans ses jours les plus beaux;

Et lorsqu'à son foyer revint son pauvre père,
Il le retrouva seul, seul... entre deux tombeaux!

Voyez que de douleurs attire l'imprudence!
Elle change en chagrins les plaisirs les plus doux;
Enfants, obéissez, pour que la Providence
          Veille toujours sur vous.

Et maintenant allez sauter sur la pelouse,
Évitez les dangers qui mènent aux malheurs;
De vos charmes, enfants, la mort semble jalouse,
          Comme l'Aquilon l'est des fleurs!

A.Royer Éditeur   Imp. Bertauts

Le Devouement filial.

LE DÉVOUEMENT FILIAL.

ENDANT l'année 1805, un élève du lycée Napoléon se faisait remarquer par sa bonne conduite et son application à l'étude; il se nommait Anatole Dermont. Son père, capitaine dans les armées de l'empereur, s'était trouvé à

toutes les brillantes campagnes de cette époque
mémorable; il n'avait pu voir son enfant depuis
deux ans, mais il lui témoignait sa tendresse dans
ses lettres de chaque mois. Anatole était fils unique, et M. Dermont, ayant perdu sa femme, avait
concentré sur lui toutes ses affections. Son avan-
cement militaire et le bonheur de son fils étaient
ses seules préoccupations. Il n'avait que sa solde
pour toute fortune, mais elle lui suffisait, et il trouvait même le moyen de faire de petites économies
et d'envoyer à son fils quelque argent pour acheter
des livres et pour satisfaire aux fantaisies de son
âge. L'éducation d'Anatole ne lui coûtait rien: il
était, comme fils de militaire, élevé aux frais de
l'État dans le collége impérial. Il avait pour son
père le respect le plus profond et l'amour le plus
dévoué: terminer ses études, être reçu à l'École
polytechnique, et plus tard dans les rangs de l'ar-
mée, aller combattre à côté de son père et ne plus
s'en séparer, tels étaient les désirs qui inspiraient
au jeune Anatole l'ardeur qu'il mettait à l'étude.
A quatorze ans, il avait presque terminé ses études,
et il parlait à merveille les langues étrangères mo-
dernes : souvent les Italiens et les Anglais qui cau
saient avec lui le prenaient pour un compatriote;
enfin, il n'avait rien négligé pour acquérir toutes

les connaissances qui élèvent et forment l'esprit. Anatole joignait à une intelligence remarquable un cœur si bon, que, malgré sa supériorité, il était très aimé de ses camarades. Aux heures de récréation on s'empressait autour de lui; il avait presque autant d'amis que de condisciples. Un jour les élèves étaient dispersés dans le jardin du collége, Anatole n'était pas parmi eux, il se tenait à l'écart et paraissait fort triste; un de ses amis lui demanda la cause de son abattement, et Anatole ne put retenir ses larmes en lui parlant de son père : « Il m'écrivait tous les mois, lui dit-il, je m'étais fait à cette douce habitude, et voilà bientôt un trimestre écoulé sans que j'aie reçu de ses nouvelles; il lui est arrivé malheur, oh! j'en suis sûr (et ses sanglots l'étouffaient); dans sa dernière lettre, il exprimait l'espérance que nous serions bientôt réunis, son régiment venait d'être mandé au camp de Boulogne, et il sollicitait un congé pour venir m'embrasser. Revoir mon père après une séparation de deux ans, oh! combien ma joie eût été grande !... Mais je ne dois plus l'espérer, quelque chose me dit que nous sommes séparés pour longtemps, pour toujours peut-être! — Qu'est-ce qui vous donne cette triste pensée, mon cher Anatole? lui dit son ami. — La nouvelle que je viens d'ap-

prendre que plusieurs vaisseaux français ont été
capturés près des côtes par les Anglais. Mon père
avait dû s'embarquer sur un de ces bâtiments de
guerre, pour donner la chasse à l'escadre anglaise,
et il sera tombé entre les mains de nos ennemis. »

A cette idée, qui avait frappé son cœur, les larmes d'Anatole coulèrent avec abondance, et son
ami ne pouvait retenir les siennes tout en essayant
de le consoler. Comme ils s'entretenaient ainsi, un
de leurs professeurs vint à eux et dit à Anatole
qu'il avait à lui parler; celui-ci s'élança, mais avec
tristesse, car il présageait une mauvaise nouvelle.
« J'ai à vous remettre une lettre de votre père, lui
dit son maître, mais armez-vous de courage pour
la lire, mon cher enfant; votre père est malheureux, et, je le sais, votre bon cœur souffrira de ses
souffrances. —Mon père est prisonnier, s'écria Anatole, oh! je l'avais deviné! » En effet, M. Dermont écrivait à son fils que depuis deux mois il était au pouvoir des Anglais, prisonnier sur un ponton, respi-
rant un air infect, en butte à la dureté de ses gardiens, et accablé par la pensée que sa captivité ne
finirait peut-être jamais. Sa lettre se terminait
ainsi: « Je connais ton noble cœur, sois fort, ne te
laisse pas abattre par le malheur de ton père, achève
tes études, ouvre-toi une carrière dans les armes,

l'empereur te protégera; et si je ne puis te guider
et veiller sur toi, Dieu ne t'abandonnera pas, je le
prie chaque jour pour mon fils. » Cette lettre, où
respirait tant de tristesse et de résignation, brisa
le cœur d'Anatole, et, pour comprendre son désespoir, il faut que vous sachiez, mes jeunes lecteurs,
qu'un ponton est un vaisseau sans mâture, toujours à l'ancre près des ports, prison horrible où

les Anglais retenaient captifs les marins et les mi-
litaires français que le hasard de la guerre mettait en leur pouvoir. Là, les prisonniers étaient
mal nourris et respiraient ces exhalaisons impu-
res que la mer répand toujours près d'un rivage
habité; ils étaient enfin traités comme des es-

claves, et n'avaient pas l'espoir de recouvrer leur
liberté; la surveillance qu'on exerçait sur ces pauvres prisonniers était si active et si soupçonneuse
qu'on ne leur permettait pas même d'apprendre
leur sort à leurs parents, et qu'il y avait peine de
mort contre les gardiens qui auraient favorisé une
évasion. Le père d'Anatole n'était parvenu à lui
donner de ses nouvelles qu'en touchant le cœur
d'un vieux matelot anglais, qu'il avait connu en
Égypte : le matelot avait promis de faciliter la cor-
respondance entre le père et le fils, et M. Dermont
donnait à ce sujet à Anatole des renseignements
nécessaires pour qu'il pût répondre à sa lettre
sous le couvert de ce généreux marin, qui se nommait James et demeurait à Portsmouth.

Après avoir lu la lettre de son père, Anatole sécha ses larmes comme un homme qui a
pris tout à coup une forte résolution, mais il fut
pendant quelques jours plongé dans une tristesse
si profonde que ses professeurs l'entouraient de
soins et d'amitié pour adoucir sa peine. Il profita
de l'intérêt qu'on lui témoignait pour demander à
aller passer quelques jours chez un ami de son père,
qui habitait Paris et qui le faisait sortir du collége
les jours de congé. On lui accorda facilement cette
permission, pensant que la distraction serait salu-

taire à sa douleur. Aussitôt qu'Anatole fut libre, il
se hâta d'échanger son uniforme de collége contre
un costume de matelot, et, muni des petites épar-
gnes qu'il avait faites sur l'argent que lui envoyait
son père, il prit la route de Boulogne. Arrivé dans

cette ville, il ne se mêla point au mouvement du
port, mais il se promena pendant plusieurs jours
sur les plages les plus désertes, où étaient amar-
rées quelques barques de pêcheurs. Un soir que le

ciel était très sombre, il parvint à s'élancer sans
être vu dans une de ces barques, et il gagna la
pleine mer. Où allait-il ainsi, ce noble enfant, sans
craindre la tempête qui s'amoncelait dans le ciel,
sans redouter les vagues qui soulevaient sa frêle
embarcation, sans songer au danger, à la mort?...
Il n'avait qu'une pensée, celle du malheur de son
père; qu'une espérance, celle de le revoir et de le
sauver peut-être! Son but était d'atteindre un vaisseau de l'escadre anglaise, qui louvoyait dans la
Manche; après plusieurs heures de navigation, il
se trouva à portée d'un bâtiment de guerre anglais
qui le héla. — Il répondit en anglais qu'il était un
compatriote, un prisonnier des Français qui était
parvenu à s'échapper. Aussitôt on le fit monter à
bord, on lui demanda où il désirait être conduit,
il répondit avec assurance : « A Portsmouth, près
de mon ami James, un vieux matelot, qui me connaît bien, car j'ai été mousse à son bord quand je
n'avais que dix ans. » James, qui avait fait plusieurs
campagnes sur mer, était justement connu du capitaine de vaisseau qui questionnait Anatole, de
sorte que tous ses soupçons se dissipèrent en entendant nommer par l'enfant ce vieux et brave matelot.

Peu de jours après, Anatole débarquait à Portsmouth; quand la nuit fut venue, il alla frapper à la demeure de James: le matelot était chez lui, ce n'était pas sa semaine de garde aux pontons.

— Eh! comment va le père James? s'écria le mousse anglais (car le jeune Dermont en avait alors toute l'apparence) en embrassant avec effusion le vieux marin. Eh quoi! ne reconnaissez-vous pas un des petits mousses qui vous ont suivi en Égypte?— Anatole profitait avec adresse du récit de son père. sans trop s'aventurer. Le vieillard donna prise à sa fable : — Serais-tu ce petit John si effronté, ou le petit William si bon enfant? — Je suis William,

dit Anatole avec vivacité. — Oh ! en ce cas, sois le
bienvenu, répondit le matelot ; mais tu as tant
grandi, tant changé, que je ne t'aurais pas reconnu ; puis ma vue baisse ; oh ! c'est l'effet de l'âge,
tu en viendras là aussi ; mais qu'es-tu devenu depuis quatre ans? — Maître, voilà dix-huit mois, dit
l'enfant, que j'ai été fait prisonnier par ces coquins
de Français, et je crois que je le serais encore sans
un petit gentleman qui m'a donné sa bourse pour
faciliter mon évasion, et tout cela à la seule condi-
tion que je me chargerais d'une lettre pour son
père, qui se trouve aussi pour le moment prisonnier chez nous. Ce qu'il y a de plus drôle, père James, c'est que cette lettre vous était justement
adressée ; quand il me l'a remise, j'ai bondi de joie.
Oh ! nous voilà en pays de connaissance, me suis-
je écrié, ce brave matelot a été mon maître, et je
lui remettrai fidèlement tout ce que vous voudrez !
Et alors le pauvre petit monsieur, tout en larmes,
me dit de vous supplier d'avoir soin de son père,
et de me permettre de le voir, pour lui donner de
ses nouvelles.

Anatole avait fait ce récit avec tant de hardiesse,
il s'était exprimé en si bon anglais que le vieux
marin n'eut pas un instant de doute sur sa véra-
cité. Il prit de ses mains sa lettre pour M. Der-

mont, en lui disant qu'elle lui serait remise avant
peu de jours. Quant à te conduire auprès de lui,
ce sera plus difficile, mon petit William, car personne ne peut aborder sur les pontons s'il n'y est
de service, et je ne pense pas que tu veuilles devenir gardien sur ces bâtiments qui ne bougent pas;
cela est bon pour de vieux requins comme nous
qui, après avoir vu les grandes eaux, désirent se
reposer près du port. — Ma foi j'aurais besoin de
me refaire aussi dans le calme avant d'entreprendre
quelque campagne, dit vivement le jeune Dermont.
Eh bien! en ce cas nous verrons, répondit James,
je parlerai de toi au commandant des pontons; en
attendant tu peux demeurer ici et te reposer de tes
fatigues.

Anatole fut plusieurs jours sans oser reparler de
M. Dermont au vieux matelot; il craignait de lui
donner des soupçons. Un soir, James venait d'être de
garde aux pontons; il dit à l'enfant qu'il avait remis
la lettre au capitaine français, et qu'il n'avait pu
s'empêcher d'être ému à la vue des larmes de joie
que ce bon père avait versées en recevant des nouvelles de son enfant. Ce brave homme m'a vivement demandé à te voir, ajouta James, et si tu
persistes toujours dans ta résolution, je pourrai
te proposer comme gardien à notre commandant.

— Ma foi je ne demande pas mieux, dit Anatole,
car il me tarde de faire quelque chose, et je ne serais pas fâché de rendre à ces chiens de Français
tout le mal que j'en ai reçu. J'en excepte ce bon
M. Dermont, dont le fils m'a secouru.

Tout s'arrangea selon ses désirs, et une semaine
après Anatole fut envoyé comme gardien à bord du
ponton où le capitaine Dermont était prisonnier.
Lorsqu'il se trouva en face de son père, il sentit ses genoux fléchir et ses larmes inonder son visage. M. Dermont, saisi par la même émotion, mais s'efforçant
de la dissimuler, se précipita dans les bras de son fils
en disant au vieux marin : « James, il faut que
j'embrasse celui qui a vu mon enfant et qui m'ap-
porte de ses nouvelles. » Ils restèrent longtemps
dans les bras l'un de l'autre, et dans cette étreinte
paternelle et filiale ils se dirent bien des choses,
malgré la contrainte du silence qui leur était im-
posé. La santé de M. Dermont était fort altérée par
l'air insalubre des pontons ; mais aussitôt qu'il sentit son fils auprès de lui, son âme et son corps se
ranimèrent à la fois, et il lui sembla presque qu'il
était libre ; parfois il se reprochait comme un
égoïsme le bonheur qu'il éprouvait à vivre près de
son enfant, il se disait que ce dévouement filial
arrêtait la carrière du noble jeune homme, et il

eût voulu lui ordonner de s'en retourner en France,
mais il n'en avait pas le courage.

Anatole supportait avec joie toutes les privations
et toutes les fatigues qu'il s'était imposées; cette
vie de peine et de travail lui paraissait douce au-

près de son père; et quand il avait pu le voir un
instant en secret, recevoir sur son front un de ses
baisers, lui procurer quelque léger adoucissement
à son sort, le noble enfant était satisfait de sa rude
destinée. Souvent il passait plusieurs jours sans
pouvoir parler à M. Dermont; mais alors, par un
regard, par un sourire, il savait encore lui expri-
mer sa tendresse. Une espérance qu'il n'avait osé
confier à son père, de peur que ce ne fût qu'une
illusion, une espérance ardente et toute-puissante
le soutenait : il voulait briser les fers de son père et
prendre la fuite avec lui.

Depuis six mois qu'il était de garde sur le ponton, il employait plusieurs heures de la nuit à creu-
ser au fond du bâtiment une issue secrète qui con-
duirait à la mer; ce travail avait heureusement
échappé à tous les regards ; si on l'avait soupçonné,
il eût été puni de mort. Son audacieuse entreprise
était terminée, il avait pratiqué une ouverture au
moyen de laquelle il pouvait, en plongeant dans les
flots, disparaître avec son père sans être aperçu par
les gardes. Il savait qu'il jouait sa vie, mais sa vie
n'était rien pour lui, c'était celle de son père à laquelle il pensait. Quand tout fut disposé pour leur
fuite, il avertit son père, mais il ne parvint qu'a-
vec peine à le décider à s'évader; M. Dermont crai-

gnait pour les jours de son enfant, et il aurait pré-
féré une captivité éternelle au malheur de le perdre. Cependant il ne put résister aux instances d'A-
natole et peut-être aussi au souvenir de la patrie.
Entraîné par son fils, il se glissa jusqu'à la secrète issue, et quand il eut plongé dans la mer, il
sentit un bras fort qui le soutenait, c'était celui
d'Anatole qui, excellent plongeur, aidait son père
à se maintenir entre deux eaux; ils gagnèrent ainsi
le large sans bruit et presque sans mouvement:
rien n'avait donné l'éveil aux gardes du ponton.
Anatole se dirigeait vers l'est, où il avait la veille
conduit une barque, et comme la mer était fort
calme, il espérait l'y retrouver encore; en effet, il
l'aperçut bientôt sur les flots comme un point

noir, et il fut assez heureux pour l'atteindre. Alors

le père et l'enfant s'embrassèrent, et ils se mirent à genoux pour remercier Dieu de leur délivrance; ils ramèrent toute la nuit, et, quand l'aube parut, ils virent blanchir à l'Orient les côtes de France. Des larmes de bonheur mouillèrent leurs yeux, ils redoublèrent d'efforts, et bientôt ils s'élancèrent sur le rivage.

L'empereur, en apprenant l'héroïsme filial du jeune Anatole Dermont, lui accorda la croix d'honneur, quoiqu'il ne fût encore qu'un adolescent; peu de mois après, il fut reçu à l'École polytechnique, et, trois ans plus tard, il combattait à Wagram à côté de son père.

LA RANÇON DU GÉNIE,

COMÉDIE EN UN ACTE.

PERSONNAGES.

FRANCESCO LIPPI, métayer des environs de Florence, père de Filippo.
RITA, femme de Francesco.
FILIPPO LIPPI, leur fils, enfant de dix ans.
STELLA, sa sœur.
BRUTACCIO, chef de brigands.
BUONAVITA, brigand.
TROUPE DE BRIGANDS.

La scène se passe d'abord au pied des Apennins, près de Florence, puis sur les Apennins, à l'entrée de la caverne des brigands.

A Royer Editeur

Imp Berlauts

La Rançon du Génie

SCÈNE PREMIÈRE.

Le théâtre représente l'intérieur de la ferme de Francesco.

FRANCESCO et RITA.

FRANCESCO, entrant tout haletant.

Femme, me voici de retour de la ville. Je suis accablé de fatigue.

RITA.

Apportes-tu du moins quelque bonne nouvelle?

FRANCESCO.

Eh! non , une bonne nouvelle m'aurait fait oublier la marche, et je ne me plaindrais pas.

RITA.

Que t'ont dit ces messieurs du tribunal?

FRANCESCO.

Ce qu'ils disent quelquefois au pauvre quand il
demande justice: qu'il faut d'abord déposer de
l'argent pour les premiers frais, et puis qu'on fera
des poursuites.

RITA.

C'est une horreur ! déposer de l'argent pour
qu'on arrête ces brigands qui dévastent le pays,
qui enlèvent nos bestiaux et nous dépouillent des
fruits de nos sueurs !... Francesco, à qui nous
adresserons-nous, si l'autorité ne nous protége pas?
Il faudra fuir ce canton, abandonner le pauvre hé-
ritage de ton père et aller chercher à vivre ail-
leurs.

FRANCESCO.

J'ai dit tout cela à ces messieurs de la justice. Je leur ai raconté comment l'autre jour, tandis que notre petit Filippo gardait le troupeau au pied des Apennins, des brigands fondirent tout à coup sur la plaine, et profitèrent du moment où l'enfant s'était éloigné pour s'emparer de nos plus beaux agneaux et de nos jeunes chevreaux. Heureusement les mères étaient à la bergerie, sans cela nous étions entièrement ruinés.

RITA.

Bien plus heureusement encore, Francesco, notre fils, n'était pas là; car il serait tombé entre les mains des brigands, et peut-être l'auraient-ils tué... La sainte madone l'a protégé.

FRANCESCO.

Voilà comment tu excuses toujours sa paresse, Rita. Si Filippo n'avait pas quitté le troupeau, il aurait appelé au secours en voyant venir les brigands; je serais accouru, et nous n'aurions rien perdu.

RITA.

Je l'ai grondé comme toi, Francesco, je lui ai

recommandé d'être plus attentif. Mais, tu le vois, notre fils ne peut se soumettre à garder les bestiaux, à labourer la terre; il aime à être seul, et aussitôt qu'il pense qu'on ne le voit pas, il s'amuse à tracer sur la terre des figures d'hommes, des arbres, des moutons. Peut-être notre enfant est-il destiné à une autre vie que la nôtre.

FRANCESÇO.

Tu es folle, Rita. Voilà bien les mères; toujours des idées d'ambition pour leurs enfants... Et à quoi veux-tu que nous destinions notre fils? Avons-nous de l'argent pour pouvoir lui faire donner de l'éducation? et est-ce au moment où nous sommes dans la misère que tu dois l'encourager à être fainéant?.. Mêle-toi de ta fille et laisse-moi faire de Filippo un bon métayer.

RITA.

Calme-toi, mon ami, et confions-nous à Dieu.

FRANCESCO.

« Aide-toi et le Ciel t'aidera. » Femme, il faut que nous et nos enfants redoublions de travail et d'activité pour éloigner la misère. Mais, où est Filippo? Je parie qu'il est encore couché.

RITA.

Non, il est dans l'étable, à donner du fourrage aux vaches.

FRANCESCO, appelant.

Filippo! Filippo!

SCÈNE II.

LES MÊMES, FILIPPO, entrant avec un morceau de charbon à la main, puis STELLA.

FILIPPO.

Mon père...

FRANCESCO.

Que faisiez-vous dans l'étable?

FILIPPO, rougissant et baissant la tête.

Mon père, je.. je...

FRANCESCO.

Ah! vous allez mentir... que faisiez-vous?

FILIPPO.

Eh bien ! je cherchais à reproduire sur le mur la grande vache noire.

FRANCESCO.

Et à quoi cela te mènera-t-il, paresseux ?

(Filippo baisse la tête et ne répond rien.)

STELLA, accourant.

Ma mère, ma mère, venez voir ; nous avons deux vaches noires maintenant, Filippo en a fait une seconde, elle marche près du mur de l'étable, elle mange au râtelier... Venez ! venez !

FRANCESCO.

Allons, taisez-vous ; c'est assez de folie ! Femme, sers-nous à déjeuner, puis nous irons tous au travail.

(Ils se mettent à table.)

STELLA.

Elle est bien belle la vache de Filippo. Mon père, pourquoi ne voulez-vous pas la voir ?

RITA.

Chut ! mange tes confitures et tais-toi.

STELLA.

Qu'il est bon ce raisiné! Pourquoi ne fais-tu pas comme moi, Filippo? Vois, je nettoie mon assiette avec de la mie de pain. Il n'en reste pas de trace.

FILIPPO, dessinant sur son assiette avec la pointe de son couteau.

Regarde cela, Stella.

STELLA.

Oh! c'est notre petit chat roux. Le voilà sur le buffet. (Filippo continue à dessiner.) Il se gratte l'oreille avec sa pate.

RITA.

Je n'oserai jamais laver cette assiette. C'est tout-à-fait le portrait de notre chat; vois, Francesco.

FRANCESCO, regardant et riant.

Oh! c'est bien ça; je te permets cet amusement pendant les repas, Filippo; mais je ne veux pas que tu y songes en gardant les troupeaux.

FILIPPO.

Mon père, c'est malgré moi.

8

FRANCESCO.

Tout cela est bel et bon, mais il faut penser à gagner ton pain. Allons, pars avec ta sœur et ne vous éloignez pas trop de la ferme. Vous mènerez paître les vaches et les chèvres, là-bas dans cette prairie qui est auprès du bois; et si vous voyez venir quelqu'un, vous m'appellerez tout de suite; je vais au labour.

(Les enfants sortent.)

SCÈNE III.

Dans la campagne.

STELLA et FILIPPO, menant les troupeaux.

STELLA.

Mais comment fais-tu, mon frère, pour créer d'aussi jolies choses avec tes doigts?

FILIPPO.

Je n'en sais rien, Stella; je ne comprends pas ce qui me donne le pouvoir de retracer tout ce que je vois, comme l'eau retrace notre visage quand nous

nous y regardons, mais je suis poussé par un désir invincible à reproduire sans cesse les images qui sont devant moi, soit avec la pointe de mon couteau sur la pierre, soit avec un charbon sur les murs, soit même avec le bout de mon bâton sur le sable. Oh! si je pouvais avoir une de ces grandes feuilles de papier sur lesquelles écrit notre curé, il me semble que je ferais une madone belle comme celle qui est sur l'autel de l'église du village.

STELLA.

Elle semble vivante, cette madone; on dirait qu'elle marche et qu'elle va parler.

FILIPPO.

Elle te ressemble un peu, Stella. Mais nous voici arrivés à la lisière du bois. Garde le troupeau, moi je vais chercher une de ces pierres molles où mon couteau s'enfonce facilement; puis je reviendrai dessiner ton portrait.

STELLA.

Tu désobéis à notre père: ne t'a-t-il pas dit de ne t'occuper que de nos bestiaux?

FILIPPO.

Ne seras-tu pas contente, ma petite Stella, de voir ton portrait sur une pierre, comme tu as vu tout à l'heure celui de notre chat sur mon assiette?

STELLA.

Oh! oui, cela me fera plaisir.

FILIPPO.

Eh bien! attends, je vais revenir. N'aie pas peur et garde bien le troupeau.

STELLA.

Ne reste pas longtemps.

(Filippo s'enfonce dans le bois, ramasse une pierre, s'assied, et se met à dessiner.)

SCÈNE IV.

FILIPPO, seul.

FILIPPO.

Qu'il est beau ce paysage qui se déroule devant moi! Dans le fond les hautes montagnes, puis les bois, puis le village.

SCÈNE V.

STELLA, FILIPPO.

STELLA, de la prairie.

Au secours, mon frère, au secours !

FILIPPO, accourant.

Qu'y a-t-il, ma sœur, ma bonne Stella ? Je cours te défendre.

SCÈNE VI.

Les précédents, BRUTACCIO et la troupe de brigands.

BRUTACCIO, lui fermant la bouche.

Halte-là, mon brave ; vos troupeaux sont à nous, votre sœur est notre prisonnière, et vous allez nous suivre aussi : vous vous ferez à la vie des montagnes, et vous finirez par faire partie de notre bande, si vos parents ne sont pas assez riches pour payer une forte rançon.

FILIPPO.

Vivre parmi vous, jamais !

BRUTACCIO, l'empêchant de crier.

Point de mutinerie ; autrement ton dos sentira le bois de ma carabine. (Filippo fait un geste menaçant.) Allons, qu'on s'empare de ce drôle. (Plusieurs brigands s'emparent de Filippo qui se démène entre leurs bras.) Toi , Buonavita , charge-toi de la sœur.

BUONAVITA, à Stella.

Petite bergère, n'ayez pas peur. Vous garderez nos vaches dans nos rochers, vous ferez des fromages, vous préparerez nos repas, et en retour vous serez bien traitée.

STELLA.

Ma mère ! ma mère !

(Ils disparaissent tous dans les Apennins.

SCÈNE VII.

Sur un plateau des Apennins, devant l'entrée de la caverne des brigands.

FILIPPO , STELLA , puis BUONAVITA.

FILIPPO.

Ma pauvre Stella , tu pleures donc toujours ?

STELLA.

Ils sont si laids, ces brigands, si méchants.... Si je ne les sers pas tout de suite quand ils me demandent à boire, ils menacent de me frapper. Oh! Filippo, comme nous avons souffert depuis huit jours que nous sommes ici! et penser que cela durera toujours!... Et nos pauvres parents, ils doivent se désespérer de ne pas nous voir revenir... Si nous ne les revoyions jamais....

(Elle sanglote.)

FILIPPO.

Ne pleure pas ainsi, Stella; Dieu veillera sur nous.

STELLA.

Oh! mon frère, tu es moins malheureux que moi. Les premiers jours, tu étais bien triste aussi; mais à présent tu reprends courage et tu sembles consolé. Tu recommences à dessiner sur les pierres et sur le sable; cela te distrait.

FILIPPO.

C'est vrai, Stella, ce plaisir me suit partout; les brigands n'ont pu me le ravir.

(Entre Buonavita.)

BUONAVITA.

Pourquoi vous tourmentez-vous ainsi, Stella?
N'êtes-vous pas contente dans notre compagnie?
Soyez attentive, faites bien notre cuisine, et nous
vous donnerons un beau bonnet à dentelles d'argent.

STELLA.

Gardez vos cadeaux, M. Buonavita. Mais si vous
n'êtes pas méchant, faites ce que je vous ai demandé.

FILIPPO.

Qu'as-tu demandé, Stella?

STELLA.

J'ai demandé que M. Buonavita obtînt notre liberté du seigneur Brutaccio; car je ne puis vivre
ici, mon frère.

BUONAVITA.

J'ai fait votre commission.

FILIPPO.

Et que vous a dit votre chef?

BUONAVITA.

Il m'a dit que vous ne sortiriez jamais d'entre ses

mains si vos parents ne lui payaient une forte rançon.

FILIPPO.

Ils sont trop pauvres pour cela.

STELLA.

Votre maître est bien cruel; mais vous, ne pour-
riez-vous pas nous rendre la liberté?

BUONAVITA.

Si je le pouvais, je le ferais à l'instant, mes enfants; car puisque notre compagnie vous déplaît,
je ne vois pas pourquoi nous vous garderions de
force.

FILIPPO.

Vous êtes bon : comment, sans y être contraint,
pouvez-vous vivre parmi des brigands?

BUONAVITA.

Ma foi, l'habitude fait tout. J'ai été orphelin de
bonne heure. Mon oncle Brutaccio, le chef de notre
troupe, m'emmena dans ces montagnes, et je de-
vins brigand sans m'en douter; mais je vous le
jure, ma petite Stella, je n'ai jamais tué personne.
Boire, rire, chanter, être libre et ne rien faire la

plupart du temps, telle est ma vie, ma bonne vie
dont j'ai tiré mon nom. Je ne vous l'offre pas pour
exemple, mes enfants; mais je vous la raconte pour
que vous n'ayez pas peur de moi.

FILIPPO.

Eh bien! vous pouvez me faire un grand plaisir,
puisque vous êtes bon.

BUONAVITA.

Lequel?

FILIPPO.

Buonavita, je vous en prie, donnez-moi une de
ces belles planches de bois blanc qui recouvrent les
caisses qui sont dans la caverne.

BUONAVITA.

Très volontiers. (Il entre dans la caverne et revient à l'instant
avec la planche.) Mais que voulez-vous en faire?

FILIPPO.

Vous allez voir. (Il tire un charbon de sa poche et se met à
dessiner un arbre et des moutons qui sont devant lui, puis le fond du
paysage.)

BUONAVITA.

Oh! vous avez un fier talent, mon ami; voilà

l'arbre qui grandit sous vos mains , le troupeau qui
se forme et s'anime , les rochers qui se dressent...
Mais qui est-ce qui vous a appris tout cela?

FILIPPO.

Personne. Est-ce que cela s'apprend? Depuis
que je pense , je reproduis ainsi ce que je vois sans
savoir par quel moyen. Mais ce qui me tourmente,
c'est de ne pouvoir donner des couleurs à mon ouvrage , ces belles couleurs de la madone de notre
église.

BUONAVITA.

Des couleurs! ah! si vous en désirez, je puis
vous satisfaire. Il y a quelque temps, nous arrê-
tâmes sur la route de Florence un peintre qui allait
à Rome. Nous croyions avoir fait une riche capture
en nous emparant d'une cassette hermétiquement
fermée qu'il gardait auprès de lui. Quand nous
l'ouvrîmes, nous n'y trouvâmes que des couleurs
et des pinceaux.

FILIPPO.

Qu'est-ce cela , des pinceaux?

BUONAVITA.

C'est ce qui sert à appliquer les couleurs sur un
dessin.

FILIPPO.

Oh! donnez-moi cette précieuse cassette, et je vous aimerai bien.

BUONAVITA.

Je vais la chercher.

FILIPPO, avec joie.

Stella, je vais avoir des couleurs!...

STELLA.

Je ne comprends pas ton bonheur, Filippo; moi, je ne serai contente qu'en revoyant nos parents.

BUONAVITA, revenant avec la cassette.

Voilà mon ami. Stella, si vous ne voulez pas être grondée par Brutaccio, allez vous occuper du dîner; car notre chef ne tardera pas à revenir de sa tournée.

(Stella entre dans la caverne.)

FILIPPO, ouvrant la cassette.

Oh! Buonavita, que ces couleurs sont belles! ce sont bien celles de la nature. Mais qui nous apprendra le secret de les préparer et de les étendre en couche sur le dessin?

BUONAVITA, tirant une palette de la caisse.

Il faut d'abord les disposer sur cette petite planche, après les avoir fondues avec un peu d'huile que vous prendrez dans cette fiole, puis vous les appliquerez sur votre dessin.

FILIPPO, avec enthousiasme.

Et comment savez-vous cela, Buonavita? qui vous a révélé ce mystère? Vous êtes donc sorcier?

BUONAVITA.

Je ne suis pas plus sorcier que savant; mais j'ai eu le bonheur de voir peindre le plus grand homme de l'Italie!

FILIPPO.

Le plus grand homme de l'Italie!

BUONAVITA.

Oui, Michel-Ange! Michel-Ange qui a retracé les tourments des damnés dans la plus belle église de Rome; Michel-Ange, peintre célèbre, dont le nom est au-dessus de celui de tous les rois de l'Europe.

FILIPPO.

Et vous avez vu cet homme, ce peintre qui est plus renommé qu'un prince?

BUONAVITA.

Oui, je l'ai vu. Je vais vous raconter comment, et vous m'entendrez avec intérêt, Filippo; car vous aussi vous êtes destiné à la gloire.

FILIPPO.

Je vais, en vous écoutant, essayer ces couleurs. Les voilà préparées comme vous me l'avez dit. (Il se met à peindre.) Parlez, Buonavita, parlez-moi de

ce grand Michel-Ange.

BUONAVITA.

Il faut vous dire d'abord que mon oncle, désirant
réunir sa troupe à une bande de brigands qui dé-
vastait les environs de Terracine, m'avait envoyé
près de leur chef pour lui proposer cette alliance.
Quand je me fus acquitté de ma mission, me trouvant tout près de Rome, je ne pus résister au désir
d'aller voir cette grande ville. En arrivant, je cou-
rus visiter l'église de Saint-Pierre, l'une des mer-
veilles du monde. Bien que ce ne fût ni l'heure de
la messe, ni celle de nulle autre prière publique,
une foule immense s'y pressait et se dirigeait vers
une seule chapelle. Agile et preste, je me glissai au
milieu de ce peuple, et je me trouvai bientôt aux
premiers rangs. Alors je vis ce qui attirait la mul-
titude, et je fus près de laisser échapper un cri d'effroi, moi brigand, moi qui n'ai jamais eu peur de
ma vie. Sur les murs à demi éclairés de la chapelle,
se détachaient des hommes torturés par la douleur:
leurs traits étaient pâles et amaigris, leurs yeux
versaient des larmes de sang, leurs dents grinçaient,
leurs corps décharnés se tordaient, et je croyais
leur entendre pousser des cris déchirants. J'enten-
dis la foule qui criait : Vive Michel-Ange ! et, passant
de la terreur à l'admiration pour cet homme qui

avait eu le pouvoir de m'épouvanter, je m'écriai à mon tour: Vive Michel-Ange! Michel-Ange, qui était devant nous, continuait à peindre et jouissait de sa gloire.

FILIPPO.

Buonavita, je veux aller à Rome; je veux voir Michel–Ange, devenir son élève et un jour son rival.

BUONAVITA.

C'est une noble ambition, mon ami.

FILIPPO.

Voyez si j'en suis digne.

(Il lui montre ce qu'il vient de peindre.)

BUONAVITA.

Mon portrait!.. mais cela tient du prodige. Quoi.

si vite! pendant que je vous parlais, vous l'avez
tracé, vous lui avez donné la vie et le coloris! Voilà
bien mon regard, ma moustache noire, ma résille
rouge sur mes cheveux bruns... Par saint Pierre
de Rome! vous serez un grand homme!

SCÈNE VIII.

LES PRÉCÉDENTS ; BRUTACCIO avec sa troupe.

BUONAVITA.

Venez voir ceci, Brutaccio ; cet enfant est prédestiné; nous ne pouvons le retenir plus longtemps prisonnier.

BRUTACCIO.

Quoi! c'est lui qui a peint ta face de brigand?

BUONAVITA.

Oui, lui-même. Un instant lui a suffi pour finir
ce portrait; sans avoir rien appris, il a deviné le
plus grand des arts, celui qui fait revivre la nature
sur une toile inanimée!

(Les brigands se rangent autour du portrait de Buonavita.)

TOUS, admirant le portrait.

C'est un miracle... Vive le petit Filippo!...

BUONAVITA.

Vous le voyez, mon ami ; on crie déjà : Vive Filippo, comme le peuple criait à Rome : Vive Michel-Ange. C'est d'un heureux présage.

SCÈNE IX ET DERNIÈRE.

LES PRÉCÉDENTS, RITA, accourant éperdue, puis FRAN-
CESCO, armé d'une fourche et d'un pieu.

RITA.

Rendez-nous nos enfants, nos pauvres enfants.

Nous errons depuis huit jours dans ces monta-
gnes... Enfin nous avons découvert votre retraite...
Ayez pitié d'une mère... Rendez-moi mes enfants...
(Apercevant Filippo.) Mon cher fils ! (Elle le presse sur son cœur.)
Mais où est ta sœur, ma douce Stella, ma fille bien-
aimée ?

STELLA, accourant.

Ma mère, ma bonne mère !

(Elle se jette dans ses bras.)

FRANCESCO, arrivant et brandissant son pieu.

De par le ciel ! si vous ne me rendez mes enfants, je brise la tête au premier qui s'approche
de moi.

BRUTACCIO, riant.

Désarmez cet homme, et amenez-le moi. (Les brigands désarment Francesco et le conduisent devant Brutaccio.)
Vous ne pouvez rien pour délivrer vos enfants;
vous êtes devenu vous-même mon prisonnier; vos
troupeaux sont à moi, demain je puis dévaster votre maison et ne pas y laisser pierre sur pierre...
Eh bien! Brutaccio le brigand n'en fera rien. Je
vous rends la liberté, car votre fils a payé votre

rançon à tous par son génie. Emmenez vos bestiaux et prenez cette bourse, Francesco. Mais ne contraignez plus votre noble enfant à être pâtre ou laboureur: Dieu l'a créé peintre, il sera la gloire et la fortune de votre famille. Envoyez-le à Rome auprès du grand Michel-Ange; cet or paiera son voyage.

FILIPPO.

Soyez béni!

BRUTACCIO.

On ne bénit pas un brigand, mon ami, mais on peut lui faire une promesse en retour d'un bienfait.

FILIPPO.

Laquelle? j'y souscris d'avance.

BRUTACCIO.

Promettez-moi, lorsque vous serez un peintre célèbre, de faire un tableau de la scène que nous venons de mettre en action.

FILIPPO.

Je vous le jure!

BUONAVITA.

Ce tableau s'appellera la Rançon du génie.

LES ORPHELINS.

Un honnête procureur de la ville d'Aix, nommé
M. Picot, passait habituellement ses vacances dans
une petite *bastide* [1] qu'il avait acquise auprès de
Salon. Salon, berceau de Nostradamus, jardin de
la Provence, est une riante et jolie ville, renommée
pour ses pêches et ses perdreaux succulents.

Les vacances venaient de finir, et M. Picot s'en
retournait un jour vers la ville antique fondée par

[1] Maison de campagne de la Provence.

Sextius [1]. Il conduisait lui-même sa modeste voiture, lorsque des cris partis d'un champ voisin détournèrent ses regards de la ligne droite du chemin, où il les tenait constamment fixés, pour éviter les dangers de la route fort mauvaise en cet endroit.

A peine eut-il tourné les yeux vers la direction d'où partaient ces cris, qu'il descendit promptement de voiture et s'élança à travers la campagne vers une chaumière qui était la proie des flammes. Cette maisonnette incendiée était bâtie sur une lande inculte et éloignée de toute autre demeure; de sorte que M. Picot avait seul entendu, en passant sur la route, la voix de ceux qui demandaient du secours.

C'étaient deux enfants, une petite fille de douze ans et un petit garçon de onze. Ils se désolaient auprès du seuil de la porte, d'où sortaient de grandes lames de feu, qui se perdaient en fumée noire dans le bleu du ciel. Quand ils virent M. Picot, ils accoururent vers lui en le suppliant de sauver leur grand'mère, leur pauvre grand'mère paralytique, que les flammes consumaient dans son lit.

M. Picot, en homme que son cœur emporte à une bonne action, sans se donner le temps de pen-

[1] Aix.

A Royer Editeur   Imp Bernard

Souvenirs d'Enfance.

ser au danger, se précipita dans la chambre unique
de cette pauvre habitation, saisit dans ses bras le
corps de la paralytique, et revint avec son fardeau
auprès des enfants qui l'attendaient devant la porte

et priaient Dieu à genoux de veiller sur leur bienfaiteur. En le voyant reparaître, ils exprimèrent
leur joie par des exclamations; mais bientôt cette
joie fit place aux larmes, car leur grand'mère ne répondait point à leurs paroles; ils comprirent qu'ils
l'avaient perdue pour toujours, et ils pleurèrent
amèrement.

M. Picot, pour les arracher à ce triste spectacle,
après avoir déposé le corps de la pauvre femme au
pied d'un arbre et l'avoir couvert de son manteau.

fit monter les enfants dans sa voiture et retourna
vers Salon. En y arrivant, il alla communiquer aux
magistrats le triste évènement dont il venait d'être
le témoin, et bientôt on en parla dans toute la petite ville. Alors ce fut un intérêt profond pour ces
deux orphelins déjà connus dans la classe des pauvres; on raconta à M. Picot comment, ayant perdu
leur père et leur mère, ils étaient restés seuls avec
leur aïeule, qu'ils nourrissaient du fruit de leur
travail; car, pour ces malheureux orphelins, avait
déjà commencé cette vie de labeur et de peine que
vous, enfants heureux qui me lirez, ne connaîtrez
peut-être jamais.

Plusieurs familles indigentes offrirent de leur
donner asile et de partager avec eux le pain de
chaque jour. Mais M. Picot savait que le pauvre, généreux par penchant, est souvent forcé par la misère à renoncer à la douceur de faire du bien; et il
se chargea de pourvoir à l'avenir des deux orphelins. Quelques heures après il se remit en route,
emmenant avec lui les deux pauvres enfants qu'il
venait d'adopter. La bonté parfaite du caractère de
M. Picot les enhardit, et bientôt ils lui témoignè-
rent leur reconnaissance par des paroles simples,
mais touchantes, qui émurent et surprirent leur
bienfaiteur; il comprit que sous ces halllons res-

piraient deux belles âmes, et que Dieu les lui avait
sans doute fait reconnaître pour qu'il les guidât
dans le monde et leur fît un sort heureux.

Pierre et Rose, tels étaient les noms des deux orphelins; Pierre savait bien lire et un peu écrire,
et Rose commençait à épeler dans la Bible, et à comprendre les sublimes beautés des livres saints. Le
bon procureur se dit qu'en mettant Pierre au collége un an ou deux, il pourrait en faire plus tard
un clerc dans son étude; et que la petite Rose,
déjà intelligente, deviendrait bien vite une bonne
ménagère, qui s'associerait aux travaux d'intérieur
de madame Picot et serait une compagne et une
amie pour sa fille. Tout en arrangeant ainsi l'avenir de ces deux enfants, M. Picot approchait de la
ville, joyeux comme on l'est toujours lorsqu'on a
fait une bonne action. Mais, quand il déboucha
dans la rue où se trouvait sa maison, une pensée,
qui ne lui était pas venue d'abord, l'attrista tout à
coup : il se demanda si madame Picot approuverait
ce qu'il venait de faire, et si elle témoignerait aux
deux orphelins la tendresse qu'il sentait déjà lui-
même pour eux.

Madame Picot était une bonne femme; on la disait une excellente mère, quoiqu'elle élevât fort
mal ses enfants, en se soumettant avec faiblesse à

tous leurs caprices; elle avait pour eux une tendresse exclusive, et il était à craindre qu'elle n'ac-
cordât aucun intérêt à Pierre et à Rose. M. Picot,
comme tous les êtres parfaitement bons, était timide dans ses volontés, et avait peur avant tout de
mécontenter sa femme : cependant il s'arma de
courage, il en avait toujours pour faire le bien.

Il trouva madame Picot peu disposée à être de
son avis. L'heure à laquelle son mari arrivait habituellement était passée; elle était en peine et de
mauvaise humeur; et, lorsqu'il lui expliqua les
motifs de ce retard et qu'il lui présenta les deux
orphelins, elle lui exprima tout haut son mécon-
tentement, ajoutant que leur fortune n'était pas
assez considérable pour se charger de deux petits
étrangers qui seraient peut-être des ingrats. En entendant ces paroles, Rose et Pierre pleurèrent avec
angoisse; ils sentirent combien le pain qu'on doit
à autrui est amer, et ils étaient prêts à repousser l'asile que leur avait offert M. Picot; mais
celui-ci mit tant de bonté et de délicatesse à leur
faire oublier la dureté de sa femme, qu'ils crai-
gnirent de lui paraître déjà ingrats s'ils repous-
saient ses bienfaits. Ils les acceptèrent en se pro-
mettant de les reconnaître un jour; et cette résolution, en entrant dans leur jeune cœur, y jeta le

germe de toutes les vertus , la reconnaissance , la noble ambition d'une vie indépendante et honorée. et la foi dans le bien qui donne la force de supporter le malheur.

M. Picot obtint de sa femme , après quelques jours de contestation, que la petite Rose resterait auprès d'elle et qu'elle lui donnerait une partie des soins qu'elle prodiguait à sa fille. Quant à Pierre, il fut conduit dès le lendemain au collége où était Alfred, le fils de M. Picot. Alfred, enfant de dix ans, était né avec les plus heureuses qualités : il avait un cœur excellent et une vive intelligence; on aurait pu, en dirigeant sa bonté et son esprit, en faire un aimable enfant et plus tard un homme remarquable; mais sa mère, par une tendresse mal entendue, avait gâté tous ces dons du ciel; en ne mettant aucun frein à la vivacité d'Alfred , elle en avait fait un enfant turbulent et très paresseux pour l'étude, au lieu d'un être actif et appliqué à ses devoirs. Quant à la bonté de son cœur, étouffée par les caprices impérieux de son caractère, elle ne servait qu'à lui faire pardonner ses colères dont il se repentait avec larmes, mais dont il ne se corrigeait point. Adéline, sa sœur, avait le même défaut, fruit d'une éducation mauvaise, et elle avait de plus un esprit de dédain pour tout ce qui n'était pas élégant et joli, qu'elle exerça sur la pauvre petite paysanne que son père venait de lui donner pour compagne.

Rose était malheureuse de ces airs orgueil-leux et froids; mais elle avait tant de douceur dans le caractère qu'elle ne faisait point connaître qu'elle en fût blessée. Elle souffrait en silence, s'ap-

pliquant à contenter madame Picot, raccommodant le linge du ménage et aidant les domestiques. Elle trouvait toujours quelques heures dans la journée à donner à l'étude, et en peu d'années elle acquit une instruction solide et tous les talents d'une bonne ménagère et d'une femme aimable. Elle était si gracieuse et si jolie, qu'on ne pouvait la voir sans plaisir et sans intérêt. Les marques de bienveillance qu'on lui donnait augmentaient encore la jalousie qu'elle inspirait à Adéline, et pourtant la pauvre enfant cherchait toujours à s'effacer devant la fille de son bienfaiteur. Ainsi grandissait Rose, chérie et admirée de tous, mais affligée de la froideur et de l'indifférence qu'avait pour elle madame Picot, et des sentiments hostiles que lui témoignait Adéline.

Pierre grandissait aussi au collége : plein d'émulation et de bonne volonté, il cherchait à répondre aux vues de M. Picot et faisait en un an les classes que ses condisciples avaient beaucoup de peine à achever en deux. Bientôt il fut cité comme un modèle à tous les écoliers; son intelligence, développée par l'étude, étonnait ses maîtres; M. Picot, en voyant ses progrès, devina qu'il était destiné à une brillante carrière, et, ne se bornant pas à lui faire donner une éducation secondaire, comme il en avait d'abord eu le projet, il lui laissa terminer ses classes, puis lui fit faire son cours de droit. Pierre devint avocat, et aux premières causes qu'il plaida on comprit qu'il se ferait un nom dans le barreau.

Alfred, à qui son père aurait voulu faire suivre la même profession, avait tant de dissipation et de

légèreté, que M. Picot vit bientôt avec douleur
qu'il ne pourrait jamais lui succéder dans les affaires, et que son fils adoptif lui donnerait plus
de consolations dans sa vieillesse que son véritable fils.

Travaillant sans relâche, M. Picot voyait sa santé
s'affaiblir, et un malheur imprévu la rendit bientôt tout-à-fait chancelante. Madame Picot mourut
presque subitement. Son mari sentit profondément
ce coup, et ses enfants en furent vivement affligés ;
mais ils étaient dans l'âge où toutes les impressions,
même celles de la douleur, sont légères ; aux larmes du cœur succédèrent pour eux les distractions
qui les effacent ; leur père pleura moins et ne se
consola pas.

Après la mort de sa mère, les petites tyrannies
dont Adéline accablait Rose augmentèrent encore.
Souvent la pauvre orpheline pleurait en secret, et,
sans l'attachement et la reconnaissance qu'elle avait
voués à M. Picot, elle aurait fui de cette maison,
où elle n'avait qu'une vie de servitude. Les souffrances de son bienfaiteur la retenaient ; elle l'en-
tourait de ses soins et tâchait d'adoucir le chagrin
qui le minait, tandis que Pierre le déchargeait du
fardeau de ses affaires, et employait toute sa capa-
cité à les conduire avec habileté. Adéline et Alfred

vivaient oisifs : l'une cherchait avec ses compagnes
des distractions puériles ; l'autre ne songeait qu'à
des parties de chasse, de cheval, et aux amuse-
ments d'une tête folle, qui ne voit dans la vie que
des plaisirs et pas de devoirs. L'année suivante
M. Picot s'éteignit en bénissant ses quatre enfants
et en leur recommandant de s'aimer et d'être unis ;
ces paroles d'un mourant firent une grande impression sur Pierre et sur Rose ; Alfred et Adéline
en furent aussi vivement touchés. Pendant quelques
mois la douleur confondit ces âmes en une seule
pensée, celle de respecter la volonté de leur père
en s'aimant et s'aidant entre eux. Ils vécurent ainsi
en paix tant que les images de deuil ne furent pas
effacées dans le cœur d'Alfred et d'Adéline par les
distractions du monde, du monde qui enlève souvent à l'âme ses plus touchantes vertus pour ne
lui laisser que ses mauvais penchants. Lorsque la
douleur se fut affaiblie, la vanité d'Adéline reparut,
elle chercha de nouveau à humilier la pauvre Rose ;
et Alfred devint si brusque et si impertinent envers
Pierre, à qui il devait la conservation de la fortune
de son père, que le noble orgueil du jeune homme
se révolta ; il savait qu'il pouvait assurer avec in-
dépendance son avenir et celui de sa sœur, et il
s'éloigna avec elle de la maison de son bienfaiteur,

dont les enfants n'étaient plus pour eux que des êtres hostiles.

En mourant, l'honnête procureur avait légué aux deux orphelins une somme d'argent et la petite *bastide* qu'il possédait auprès de Salon. Pierre et Rose n'acceptèrent point ce legs; seulement, ils demandèrent aux enfants de M. Picot de devenir acquéreurs de cette modeste campagne. Leur prière fut accueillie, et Pierre put bientôt payer cette habitation avec le fruit de son travail. Avocat distingué, il acquit en peu de temps une grande réputation et une petite fortune. Pendant les vacances, Pierre, à l'exemple de son bienfaiteur, allait se recueillir dans les champs: là, son âme se reposait et s'élevait en face de la nature. Il aimait à parler avec Rose de leur père adoptif, et ils se disaient qu'ils le reverraient un jour dans une vie nouvelle, où tout ce qui est bon doit se retrouver. Ces pensées de religion et de paix leur causaient de douces émotions et adoucissaient le souvenir pénible de leur rupture avec Alfred et Adéline; les orphelins leur gardaient les sentiments les plus tendres, et ils n'attendaient qu'un appel de leur cœur pour voler auprès d'eux et les entourer de leur amitié. Ils savaient qu'ils n'étaient pas heureux; on ne l'est jamais lorsqu'on ne suit pas dans la vie la route sé-

vère et droite que le devoir nous indique. Adéline.
ne trouvant du bonheur que dans les fêtes, se dé-

goûta bientôt de tous les plaisirs, car elle les avait
épuisés trop vite. Elle livrait les soins du ménage à
des domestiques qui la trompaient, et par sa né-
gligence elle aidait à dissiper en détail la fortune

de son père, qui s'annulait chaque jour entre les mains du prodigue Alfred. Celui-ci, dédaignant de s'initier aux affaires, annonça, après le départ de Pierre, qu'il avait le projet de vendre l'étude de son père : un homme de mauvaise foi se présenta et lui fit des offres brillantes, Alfred les accepta avec empressement. Le marché fut conclu de telle sorte que le rusé procureur trompa l'innocent Alfred, et qu'après lui avoir compté une légère somme, il se trouva quitte envers lui avec des apparences légales. Alfred, qui ne recevait pas les sommes promises, entrevoyait la misère pour lui et sa sœur, et ne trouvait aucun moyen de s'y soustraire. Une pensée lui venait parfois : s'il s'adressait à Pierre? à Pierre qui aurait assez de courage pour prendre sa défense, et assez d'éloquence pour gagner sa cause.... Mais comment oserait-il recourir à lui, après l'avoir humilié et repoussé? Non, il ne le pouvait pas. Abandonnés dans leur mauvaise fortune, sans espérance d'en sortir, faibles dans leur malheur et incapables de le vaincre, Alfred et Adéline se lamentaient, un soir, dans le modeste appartement auquel ils se voyaient réduits. Des larmes amères coulaient de leurs yeux, et des réflexions sages, mais trop tardives, leur venaient sur leur fol orgueil et sur les torts qu'ils avaient eus en-

vers les orphelins, envers ces nobles cœurs qu'ils
avaient blessés et qui devaient leur être, hélas! à jamais fermés. Comme ils pensaient ainsi, un léger
coup fut frappé à la porte; ils ouvrent, et poussent
un cri de surprise et de bonheur en apercevant
Pierre et Rose qui se précipitent dans leurs bras.
Ils avaient appris leur malheur, et le passé avait été
oublié : Pierre accourait pour offrir l'aide de son
talent à celui qu'il nommait encore son frère. Alfred répondit par des larmes à sa générosité, et, l'é-
treignant dans ses bras, il lui jura une amitié éternelle. Rose et Adéline eurent aussi de touchantes
expansions, et cette heure qui les réunit fut une
des plus heureuses de leur vie. Dès le lendemain
Pierre attaqua avec l'audace de la vertu celui qui
avait dépouillé avec l'astuce de la fraude le fils de
son bienfaiteur. Un procès s'ensuivit, et le noble
jeune homme démontra, avec une clarté qui con-
vainquit les juges et avec une éloquence qui les
entraîna, l'iniquité de son adversaire. Il le couvrit
de honte et le fit condamner à restituer à Alfred
une fortune si honorablement acquise par son père
et dont il l'avait frauduleusement dépouillé; Alfred et Pierre, Rose et Adéline, ne formèrent plus
qu'une seule famille.

Pierre inspira à Alfred l'amour du travail et di-

rigea sa vive intelligence vers un but utile. Rose fit
comprendre au cœur d'Adéline qu'une jeune fille
ne peut être heureuse qu'en étant modeste et en
remplissant avec bonheur les devoirs imposés aux
femmes.

LES

PREMIERS EXPLOITS

D'UN GRAND CAPITAINE,

COMÉDIE EN TROIS TABLEAUX.

Personnages.

Le comte DUGUESCLIN.
La comtesse DUGUESCLIN.
BERTRAND
OLIVIER   } leurs fils.
JEAN
Le chevalier DE LA MOTHE, leur oncle.
La châtelaine DE LA MOTHE, leur tante.
RACHEL, femme juive, nourrice de Bertrand Duguesclin.

———

La scène se passe d'abord au château du père de Duguesclin, puis à Rennes.

———

A Royer Editeur.

Imp. Berlauts

La Jeunesse de Duguesclin.

PREMIER TABLEAU.

Le théâtre représente une salle à man-
ger gothique ; le comte Duguesclin,
Olivier et Jean sont à table.

SCÈNE PREMIÈRE.

La comtesse DUGUESCLIN, OLI-
VIER, JEAN, RACHEL, puis
BERTRAND.

LA COMTESSE, à Rachel qui entre.

Vous ne me ramenez pas
Bertrand !

RACHEL.

Madame, je pense qu'il va
rentrer.

LA COMTESSE.

Vous mentez encore, Rachel, pour l'excuser.
Je suis sûre que vous l'avez surpris derechef se
battant ou luttant avec les enfants des paysans du
village.

OLIVIER.

Oh! oui, maman, il aime mieux ces petits vi-
lains que nous.

JEAN.

Il dit que nous ne sommes pas assez forts ; nous
sommes trop sages pour lui.

RACHEL.

Ainsi, vous accusez votre frère absent ; c'est bien
mal.

LA COMTESSE.

Et vous, nourrice, vous le justifiez toujours.

RACHEL.

Madame...

LA COMTESSE.

Enfin, où est-il?

RACHEL.

Madame, il s'exerce à la fronde dans la cour du château.

OLIVIER, se levant et s'approchant d'une fenêtre.

Voyons si c'est vrai... Oh! le voici qui rentre, le visage en sang, les habits déchirés.

JEAN, s'approchant à son tour de la fenêtre.

Oh! il est aussi laid qu'un petit diable.

LA COMTESSE.

Méchant enfant! il ne me donnera jamais que du chagrin!

BERTRAND, entrant.

J'en ai vaincu trois .. Et maintenant j'ai bien faim.

LA COMTESSE.

Et vous ne mangerez pas, et vous serez au pain et à l'eau, et vous sortirez d'ici pour aller avec mes laquais. Vous êtes la honte de ma famille, difforme, méchant, sans esprit...

BERTRAND.

J'ai de la force.

LA COMTESSE.

Le chapelain ne peut rien faire de vous ; vous ne savez pas lire encore.

BERTRAND.

Dois-je me faire moine ou écrivain, pour passer mon temps à l'étude ? Est-ce avec une plume que je pourrais un jour chasser les Anglais de la France ?

RACHEL.

Voyez, madame, quelle grande pensée il y a dans cette jeune tête.

LA COMTESSE.

Il n'y a rien de grand en lui, car il oublie la noblesse de ses parents, et il se mêle à nos serfs.

BERTRAND.

Les Anglais sont nos serfs aussi, et, si je bats aujourd'hui nos petits paysans, cela me donne l'espérance que je battrai un jour nos ennemis. Mais, ma mère, j'ai bien faim ! laissez-moi me mettre à table.

LA COMTESSE.

Non, sortez d'ici.

BERTRAND.

Moi, l'aîné de vos enfants, je serai chassé de votre table, et mes frères y resteront; non, par Dieu!

RACHEL.

Oh! madame, un peu de bonté pour lui; cet enfant est destiné à de grandes choses.

LA COMTESSE.

Il est destiné à faire le malheur de sa mère.

BERTRAND.

C'est la gêne et la contrainte qui me rendent ainsi: le fruit qui ne peut pas mûrir est mauvais.

LA COMTESSE.

Votre esprit ne mûrira jamais.

RACHEL.

Laissez-moi vous dire son avenir, madame; vous savez que je suis un peu devineresse.

BERTRAND.

N'est-ce pas que je serai un grand guerrier?

RACHEL.

Donne-moi ta main.

LA COMTESSE.

Je crois que vous êtes folle, nourrice.

RACHEL.

Oh! madame, cette petite main est un grand livre où je lis bien des choses.

LA COMTESSE,

Et qu'y lisez-vous?

RACHEL.

Laissez-moi me recueillir. (Elle tient la main de Bertrand et l'examine attentivement.) Voyez, madame, ces lignes sont belles! voilà le courage, la force, l'héroïsme, le désintéressement. Toutes les grandeurs, toutes les vertus, seront dans l'âme de votre fils; il illustrera sa famille et sa patrie. Je vois Bertrand se montrer dans les tournois et vaincre les chevaliers les plus valeureux. Les Anglais ravagent la France, mais Bertrand grandira, et il chassera les Anglais. Bertrand deviendra le sauveur et l'ami de son roi; il sera fait connétable. Sa vie sera une longue suite de prouesses; il obtiendra le respect

et l'admiration de ses ennemis mêmes ; et, quand
sa belle carrière sera remplie, il ira reposer à
Saint-Denis parmi les tombes des rois de France,
qui le salueront comme leur égal. Oui, madame,

cet enfant disgracié, cet enfant qui vous paraît si

grossier, deviendra le plus renommé et le plus brillant chevalier du monde.

BERTRAND.

Oh! oui, je serai fort et brave, je le jure par tous les saints.

LA COMTESSE.

Tu n'es qu'une insensée, nourrice ; par tes folles flatteries, tu le rends encore plus indocile. Allons, je veux être obéie; emmenez-le.

BERTRAND.

Ma mère ! ma mère ! laissez-moi m'asseoir à votre table, à la place qui m'est due.

LA COMTESSE.

La place qui vous est due est un chenil. Sortez.

BERTRAND, furieux.

Eh bien! oui, je sortirai, mais mes frères sortiront aussi. Si je suis laid, je suis fort, et je vais vous le prouver.

(Il se jette sous la table, la renverse et pousse brusquement ses frères.)

LA COMTESSE.

Misérable enfant! il a brisé toute ma vaisselle...
Holà! qu'on appelle son père pour le châtier!..

BERTRAND.

Oh! je m'en vais maintenant; les paysans que
j'ai vaincus ne me refuseront pas du pain.

(Il sort; Rachel le suit.)

SCÈNE II.

LE COMTE, LA COMTESSE, OLIVIER, JEAN.

LE COMTE, entrant.

Mais quel est ce vacarme? qui a renversé cette
table et brisé cette vaisselle?

LA COMTESSE.

C'est encore une fureur de Bertrand.

LE COMTE.

Il faut user de châtiments sévères. Je mettrai
une bride de fer à ce caractère que rien ne peut
dompter. Je le dois : sans cela il s'aviserait peut-
être un jour de me manquer de respect... Où
est-il?

LA COMTESSE.

Encore avec les petits paysans.

LE COMTE.

Je vais le chercher.

OLIVIER et JEAN.

Mon père, nous allons avec vous.

(Ils sortent.)

SCÈNE III.

LA COMTESSE, seule.

LA COMTESSE.

Mon Dieu! est-ce comme un châtiment que vous m'avez donné cet enfant! Est-ce pour humilier mon orgueil de mère que vous l'avez fait si difforme, si brusque, si peu digne de ma tendresse? Mais son âme est-elle aussi disgraciée que son corps? Il a souvent des mouvements généreux... Changera-t-il? Dois-je croire à la prédiction de sa nourrice? Oh! mon Dieu! faites qu'elle se réalise, et mon cœur de mère lui sera rendu!.. Mais voici son père qui le ramène.

SCÈNE IV.

LA COMTESSE, LE COMTE, BERTRAND.

LE COMTE.

Oh! cette fois-ci je ne pardonnerai plus.

BERTRAND.

Il faut bien que j'apprenne à me battre.

LE COMTE.

Apprenez d'abord à obéir. (A la comtesse.) Croiriez-vous que je l'ai trouvé près du pont-levis, à moitié nu, luttant avec le fils d'un bouvier; tenez, il porte les marques de cet indigne combat.

LA COMTESSE.

Mon fils, vous oubliez que votre père est un gentilhomme.

LE COMTE.

Je le lui rappellerai; et cette fois la leçon sera forte: quatre mois de prison dans la tour.

BERTRAND.

Je me repentirais plutôt si vous me pardonniez.

LA COMTESSE.

Essayons.

LE COMTE.

Non, je ne veux pas que mon fils soit un malotru et déshonore son rang. Je vais l'enfermer dans le donjon, et, à moins qu'il n'ait des ailes, il ne m'échappera plus.

BERTRAND.

La tour fût-elle aussi haute que celles de Notre-Dame de Paris, je trouverai bien le moyen d'en sortir. Je veux être libre.

DEUXIÈME TABLEAU.

Le théâtre représente l'intérieur d'une maison, à Rennes.

SCÈNE PREMIÈRE.

LE CHEVALIER, LA CHATELAINE, assise et brodant.

LE CHEVALIER, lisant.

Cette missive est de votre sœur, la comtesse Duguesclin. Elle vous écrit que son fils aîné l'abreuve de chagrins; il a fui de la maison paternelle.

LA CHATELAINE.

Petit misérable! ils n'en feront jamais rien.

LE CHEVALIER.

Ma foi, ils en auraient pu faire un bon soldat; cela vaudrait mieux que d'en faire un vagabond.

LA CHATELAINE.

Vous blâmez donc ma sœur de sa sévérité?

LE CHEVALIER.

Certainement, et si Bertrand était mon fils, j'aurais cherché à diriger son caractère au lieu de le faire plier.

LA CHATELAINE.

Vous lui auriez inspiré votre passion pour les armes, cette passion qui vous conduit à la gloire, mais qui fait le malheur de ceux qui vous aiment. Voilà ce que redoute sa mère, et moi je le redoute comme elle, et j'approuve sa sévérité.

LE CHEVALIER.

Et si Bertrand vous demandait asile, vous ne le recevriez pas?

LA CHATELAINE.

Non, je le renverrais à son père et à sa mère; ce sont eux qui doivent gouverner sa conduite.

SCÈNE II.

BERTRAND, LA CHATELAINE, LE CHEVALIER.

BERTRAND, du dehors.

Je vous dis que j'entrerai ; quoique j'aie de méchants habits, je suis noble, et je ne souffrirai pas
que des valets me barrent le chemin.

(Il brandit un bâton et s'élance dans la chambre.)

LA CHATELAINE.

Quoi! le fils de ma sœur dans cet état! Quel
déshonneur pour sa famille !

LE CHEVALIER.

Oh! c'est toi, mon petit diable de neveu, toujours le même, toujours ferrailleur.

BERTRAND.

Mon oncle, je viens vous demander asile.

LA CHATELAINE.

Asile, quand vous faites mourir votre mère de
douleur! Non, sortez d'ici, et allez demander par-
don à vos parents.

BERTRAND.

Vous voulez donc que j'aille m'héberger chez des étrangers?

LE CHEVALIER.

Non, ma maison ne te sera point fermée. Mais pourquoi et comment as-tu quitté le château de ton père?

BERTRAND.

Pourquoi? Parce qu'on m'y retenait prisonnier depuis deux mois au pain et à l'eau, que j'avais besoin d'air, de mouvement et d'une nourriture plus substantielle. Comment? C'est assez drôle ; cela va vous faire rire. Au lieu de m'envoyer mon pain et mon eau par ma bonne nourrice Rachel, qui m'aurait consolé en me contant des histoires guerrières, on me les faisait apporter par une vieille et méchante ménagère qui ne manquait jamais de fermer en entrant la porte du donjon, dont la clé était suspendue à sa ceinture. Un jour je me dis que je serais bien assez fort pour lui enlever cette clé, et je résolus de le faire. Je savais que mon père et ma mère étaient absents, et, lorsque la vieille entra, je m'élançai sur elle, je l'assis, sans lui faire de mal, sur la paille qui me

servait de lit ; je l'enchaînai avec mon drap contre
un des barreaux de la fenêtre, et, pour l'empê-

cher de crier, je lui mis, en guise de bâillon, ma
ceinture sur la bouche. Puis, lui dérobant la clé,
j'ouvris la porte, je franchis l'escalier comme une
flèche, et me voilà dans les champs.

LE CHEVALIER, riant.

Ha! ha!..

LA CHATELAINE.

Quel scandale!

15

BERTRAND.

Ce n'est pas tout. Pour fuir il me fallait une monture : j'aperçois dans la campagne un laboureur de mon père ; je cours à la charrue, j'en dételle une jument, je la monte, je pique des deux, malgré les cris et les lamentations du pauvre paysan ébahi, auquel je réponds par des éclats de rire, et, sans selle ni bride, j'ai galopé jusqu'à Rennes. - Maintenant, hébergez-moi, je vous en prie ; j'ai grand appétit et je suis bien fatigué.

LE CHEVALIER.

Ma foi, je comprends que tu aies besoin de repos et de nourriture. Viens changer d'habits et te mettre à table ; puis nous parlerons de ce que tu as à faire : je te donnerai des conseils.

BERTRAND.

Oh ! merci, mon bon oncle ! N'est-ce pas que vous m'apprendrez à faire des armes ?

LA CHATELAINE.

Votre indulgence achèvera de le perdre.

SCÈNE III.

Une place publique devant la maison du chevalier de la Motte.

BERTRAND, seul.

BERTRAND.

Comme mon oncle est bon pour moi! Il m'a montré ses chevaux et ses armes. Oh! ses armes, qu'elles sont belles! Je serai heureux ici. Ma tante me gêne bien un peu; c'est égal, je lui obéirai pour vivre auprès de mon oncle. Mais quel est ce grand écriteau qu'on a planté là? Je regrette de ne pas savoir lire. Une épée et un beau chapeau à plumes et à galon d'argent le couronnent; c'est sans doute quelque prix d'armes. Voilà un enfant qui passe, il saura peut-être ce que cela veut dire. (L'appelant.) Mon ami, qu'y a-t-il sur cet écriteau?

L'ENFANT.

Il y a qu'aujourd'hui, dans une heure, commencera sur cette place une grande lutte, et que le prix du vainqueur sera cette belle épée et ce chapeau à plumes.

BERTRAND.

Oh! si je pouvais les gagner!

L'ENFANT.

Vous êtes trop jeune pour lutter.

BERTRAND.

Trop jeune! je suis plus fort que tous les Rennois! (Se parlant à lui-même.) Mais comment faire pour échapper à ma tante? Elle va m'appeler pour l'accompagner à vêpres, et avant une heure la lutte commence.... Je ne serai pas là.... Un autre aura le prix!... Mon Dieu! mon Dieu! c'est bien cruel pourtant de renoncer à cette épée qui est là bril-

lante sur ma tête.... Je suis sûr que je l'aurais gagnée!

SCÈNE IV.

BERTRAND, LA CHATELAINE DE LA MOTHE.

LA CHATELAINE, de la porte de sa maison.

Bertrand ! Bertrand ! toujours dans la rue !.. Que faites-vous là ?

BERTRAND.

Ma tante, je regardais cette épée ; voyez, elle semble me regarder aussi.

LA CHATELAINE.

Vous ne pensez jamais qu'aux armes et aux combats. C'est aujourd'hui le saint jour du dimanche, venez à l'église avec moi, et priez Dieu qu'il vous change.

BERTRAND, à part.

Oh ! oui, je vais le prier vivement de me donner le prix de la lutte.

LA CHATELAINE.

Portez mon livre et suivez-moi.

BERTRAND, dans l'église.

Ma tante, laissez-moi vous attendre ici, près de la porte.

LA CHATELAINE.

Non, venez vous agenouiller à côté de moi.

BERTRAND, à part.

Oh! je le vois, je ne pourrai pas m'échapper.

LA FOULE, du dehors.

La lutte, la lutte commence; accourez, lutteurs.

BERTRAND.

Comment prier en entendant ces cris?

LA FOULE.

La lutte, la lutte commence; accourez, lutteurs.

BERTRAND.

Je n'y tiens plus... Ma tante baisse la tête... Profitons...

(Il s'élance hors de l'église.)

SCÈNE V.

Salle intérieure de la maison du chevalier.

LE CHEVALIER, LA CHATELAINE.

LE CHEVALIER.

Calmez-vous, ce sont des traits de jeunesse, mais son cœur est bon.

LA CHATELAINE.

C'est un rebelle, un ingrat, un petit misérable. S'échapper de l'église pour aller lutter avec la populace !... Fi donc!

LE CHEVALIER.

Un peu d'indulgence, et songeons d'abord à sa voir ce qu'il est devenu.

SCÈNE VI.

LES MÊMES, UN DOMESTIQUE, puis BERTRAND porté par deux serviteurs.

UN DOMESTIQUE.

Messire Bertrand a été blessé dans la lutte.

LE CHEVALIER.

Pauvre enfant!

LA CHATELAINE.

Voilà le fruit de ses sottises.

         (Bertrand paraît.)

LE CHEVALIER.

Eh bien! te voilà tout éclopé; il t'est arrivé malheur?

BERTRAND.

Dites bonheur! Je les ai tous terrassés. Ma blessure guérira, mais les prix de ma victoire me resteront. Voyez le beau chapeau, la belle épée.

   (Il brandit le chapeau à la pointe de l'épée.)

LE CHEVALIER.

Est-il heureux!

LA CHATELAINE.

Qu'il aille se faire soigner où il voudra.

LE CHEVALIER.

Voyez comme il souffre!

LA CHATELAINE.

Il faut pourtant qu'il soit puni de sa désobéis-
sance.

LE CHEVALIER.

Eh bien! je vais lui infliger une grande puni-
tion : dans huit jours c'est le tournoi de Rennes ;
il sera privé d'y assister.

BERTRAND.

Oh! mon oncle, vous êtes bien cruel.

TROISIÈME TABLEAU.

Grande place publique à Rennes; les maisons sont tendues de tapisseries, les fenêtres encombrées de spectateurs; des gradins entourent la place. On aperçoit sur une estrade toute la famille des Duguesclin.

SCÈNE PREMIÈRE.

La COMTESSE, le comte DUGUESCLIN, OLIVIER et JEAN, leurs fils, la châtelaine de LA MOTHE, RACHEL, puis BERTRAND, LA FOULE.

OLIVIER.

Ah! maman, quel plaisir nous allons avoir! le tournoi va commencer.

JEAN.

J'aperçois mon père sur son beau cheval blanc.

RACHEL, à la comtesse.

Comme mon pauvre Bertrand serait joyeux s'il était ici!.. et vous l'avez encore privé de ce plaisir... Oh! madame, vous êtes bien sévère.

LA COMTESSE.

Ma bonne Rachel, tu juges mal mon cœur de mère; je désirerais revoir l'enfant prodigue, mais sa tante m'a appris qu'il était incorrigible.

LA CHATELAINE.

Oui; vous n'en obtiendrez jamais rien par la douceur.

RACHEL.

Faites-lui grâce, laissez-lui voir ce tournoi, et il changera.

LA COMTESSE.

En songeant à ce qu'il doit souffrir, je voudrais lui pardonner.

LA CHATELAINE.

Il n'est plus temps; le tournoi commence.

LES HÉRAUTS D'ARMES.

Le tournoi s'ouvre ; trompes, sonnez ; bannières, déployez-vous.

JEAN.

Voilà mon père qui s'élance un des premiers.

OLIVIER.

Voilà aussi mon oncle de la Mothe qui se range de son côté.

LA CHATELAINE.

Mais quel est ce chevalier disgracieux qui vient de franchir la barrière ?

OLIVIER.

Comme il est mal équipé !

JEAN.

Quelle méchante haquenée il monte !

RACHEL, à part.

Eh ! mon Dieu ! peut-être ses parents n'ont-ils pas voulu lui donner des habits et une bonne monture ; cela me rappelle mon pauvre Bertrand.

DES VOIX, dans la foule.

Faites sortir du champclos ce discourtois chevalier.

BERTRAND. (Il est monté sur un vilain cheval et couvert d'une mauvaise armure.)

Moi, sortir! non, jamais! Oh! quelle humiliation!.. Mais mon oncle est bon, il aura pitié de ma détresse, il me pardonnera de lui avoir désobéi. Je vais me faire connaître à lui.

LA FOULE.

Qu'il sorte! qu'il sorte!

BERTRAND, s'approchant de son oncle.

Noble chevalier...

LE CHEVALIER.

Quoi! c'est toi, Bertrand! tu es vraiment un diable incarné.

BERTRAND.

Oh! mon bon oncle, ayez pitié de moi! je n'ai pu y tenir; je me suis échappé par une fenêtre.

LE CHEVALIER.

Quoi! au péril de ta vie?

BERTRAND.

Eh! que m'importe la vie? c'est la gloire qu'il
me faut... Vous voyez qu'on veut me chasser, mon
oncle, ne me refusez pas un de vos chevaux et une
de vos cuirasses. Songez qu'un Duguesclin ne doit
pas sortir d'un tournoi sans avoir rompu une lance
avec honneur.

LE CHEVALIER.

Mais on ne te connaît pas.

BERTRAND.

On apprendra à me connaître aujourd'hui.

LE CHEVALIER.

Eh bien! qu'il soit comme tu le désires. (Appelant
un écuyer.) Armez brillamment ce jeune homme.

BERTRAND.

Soyez béni.

LE COMTE, s'approchant du chevalier.

Quel est ce combattant?

LE CHEVALIER.

Je l'ignore; mais il a l'air plein de bravoure, et
je viens d'ordonner qu'on lui donne un autre équi-
pement.

(Bertrand reparaît brillamment armé.)

LA FOULE.

Bravo! bravo!

LE HÉRAUT.

Fermez la barrière, le tournoi commence.

BERTRAND.

Oh ! je serai un des premiers.

(Il met la lance en arrêt et attaque un chevalier.)

LE CHEVALIER.

Quel démon ! le voilà aux prises avec le plus brave !

LA COMTESSE, du gradin où elle est assise avec sa famille.

Quelle intrépidité a ce jeune chevalier !

RACHEL.

Madame, c'est le même qui tout à l'heure était si mal vêtu.

OLIVIER.

Quels coups de lance il donne !

JEAN.

Comme il est beau à présent ! comme il se sert bien de ses armes !

LA CHATELAINE.

Sans doute il ne veut pas être connu, il garde toujours sa visière baissée.

17

LE CHEVALIER.

Courage, chevalier inconnu ! la victoire est à toi : le cheval de ton antagoniste est blessé à mort.

LA COMTESSE.

Quel valeureux champion !

LA FOULE.

Bravo ! bravo ! (Bertrand renverse le chevalier qu'il combat,

après avoir tué son cheval.) Gloire au vainqueur ! qu'il lève sa visière et salue les dames.

LES HÉRAUTS.

Non, ce jeune chevalier veut combattre encore
et désire demeurer inconnu.

LA FOULE.

Qu'il combatte! qu'il combatte!

LE CHEVALIER, à part.

Oh! je brûle de t'embrasser, mon brave neveu!

BERTRAND, bas.

Mon oncle, c'est le plus beau jour de ma vie!

LE COMTE.

Jeune chevalier, recevez mes compliments.

BERTRAND.

Quelle voix! c'est celle de mon père; oui, c'est
lui, je le reconnais à ses armes: je dois le fuir jusqu'à ce que le tournoi soit terminé.

LE COMTE.

Je voudrais bien rompre une lance avec vous.

BERTRAND.

Je ne puis.

LE CHEVALIER.

Excusez-le, il est peut-être blessé.

LE COMTE.

Non, tout chevalier qui est encore sur ses étriers ne doit pas refuser le combat. Je le défie, je l'attaque, il faudra bien qu'il me réponde.

(Il poursuit Bertrand, qui cherche à fuir.)

BERTRAND.

Être attaqué en plein tournoi et ne pouvoir se défendre!... Mais non, je ne dois pas me battre contre mon père.

LA FOULE.

S'il refuse le combat, honte à lui!

BERTRAND.

Oui, je le refuse.

LA FOULE.

Honte à lui! honte à lui!

LE CHEVALIER.

Il vient de vous prouver pourtant qu'il avait du courage.

BERTRAND.

Et je saurai le leur prouver encore. Défendez-vous, chevalier.

(Il attaque un chevalier qui entre dans la lice.)

LE COMTE.

Mais pourquoi m'a-t-il refusé le combat?

LE CHEVALIER.

Nous le saurons quand il se fera connaître.

BERTRAND.

Rendez-vous, chevalier !

(Il renverse son adversaire dans la poussière.)

LA FOULE.

Honneur! honneur à l'inconnu!

LA COMTESSE, de sa place.

Oui, oui, qu'il vienne recevoir le prix du courage!

BERTRAND.

Oh! ma mère m'applaudit aussi sans me connaître! C'est devant elle que je vais lever ma visière; elle ne pourra me repousser. Quelle joie si elle me pardonne! *(Il s'approche du gradin où est sa mère, le comte Duguesclin et le chevalier de la Mothe le suivent; il s'incline.)* Noble comtesse Duguesclin, c'est pour vous que j'ai combattu, daignerez-vous m'avoir en grâce?

(Il se découvre.)

LA COMTESSE.

Bertrand!.. mon fils!..

RACHEL.

Mon enfant bien-aimé!..

LE COMTE.

Oh! je comprends maintenant pourquoi me il refusait le combat. Viens que je t'embrasse, mon noble fils!

LE CHEVALIER.

Il sera l'orgueil de votre race.

RACHEL.

Et celui de la France entière, croyez-en la devineresse.

TOUS.

Oh! nous n'en doutons plus.

BERTRAND.

Ma bonne mère, pardonnez-moi les chagrins que je vous ai donnés.

LA COMTESSE.

Je suis trop heureuse pour m'en souvenir!

LE HÉRAUT.

Le prix du tournoi est à Bertrand Duguesclin.

LE COMTE.

Ce ne sera pas le dernier prix de valeur que tu obtiendras, mon fils! mais, en avançant dans la vie, ton âme bonne et généreuse sentira que l'héroïsme et le courage doivent s'allier à la soumission; tu comprendras que les plus grands guerriers, avant de devenir des conquérants, ont su se maîtriser eux-mêmes. Tu liras les héros de Plutarque, tu voudras les imiter dans leurs vertus comme dans leurs exploits, et j'espère, mon fils, que tu seras un jour pour la France ce qu'ils ont été pour leur pays, un exemple cité de génération en génération.

LA VOIX D'UNE MÈRE.

Enfant qui seras femme,
N'ouvre jamais ton âme
Qu'aux modestes vertus :
Que ta charité sainte
Berce et calme la plainte
Des esprits abattus !

Que ta pure espérance
Relève la souffrance ;
Que ton hymne de foi,
Comme une chaste offrande,
Monte au ciel et répande
La paix autour de toi.

Sois l'ange qui console ;
De ta douce parole
Prodigue le secours ;
Au malheur tends l'oreille,
Près du malade veille,
Et près du pauvre accours.

D'une mère qui t'aime
Dieu voulut te bénir,
Laisse-la pour toi-même
Disposer l'avenir.

Travaille, prie et chante !
Le travaille t'ennoblit,
La foi te rend touchante,
La gaîté t'embellit !

Et si Dieu t'a douée
D'un esprit noble et grand,
Sois humble et dévouée,
Sois belle en l'ignorant.

Laisse à l'homme la gloire ,
Les triomphes , le bruit ;
Pour nous , aimer et croire
Au bonheur nous conduit.

Coule une vie obscure
Que le devoir remplit :
L'onde à l'ombre est plus pure ,
Rien ne trouble son lit.

A Royer Editeur

Imp. Bertauds.

Jacqueline Pascal.

JACQUELINE PASCAL.

C'est un des priviléges des hommes de génie de
faire participer leurs ancêtres et leurs descendants à
l'intérêt qu'ils inspirent ; on aime à remonter aux
sources de ces grandes intelligences et à pressentir
leur venue. Puis on se plaît à en suivre pour ainsi
dire le courant, à savoir si les fils ont dignement con-
tinué le père ou si rien de vivant n'est resté de ces
races célèbres d'écrivains et de héros. La famille
contemporaine des hommes illustres éveille surtout
la curiosité de notre esprit : nous voulons connaître le père et la mère de l'enfant prédestiné ; il nous
est doux de nous initier aux scènes de sa jeunesse.

de le voir aimé par une douce sœur ou par quelque frère tendre et dévoué, et nous donnons nous-
mêmes aux parents qui le chérissent et l'admirent
une part de notre admiration et de notre sympathie.
Pascal, ce sublime penseur, ce grand écrivain qui fixa

la langue de la prose française dans *les Provinciales*,

comme Corneille fixa celle de la poésie dans *le Cid*,
Pascal eut une famille digne de lui : ses deux sœurs
furent des femmes supérieures; leur intelligence
tenait de celle de leur frère. L'aînée, qui se nommait Gilberte, devint madame Périer, bien connue
par une vie de son frère qui a été publiée en tête
de plusieurs éditions des *Pensées*. La cadette, née
en 1625, nommée Jacqueline, montra de bonne
heure la plus heureuse vivacité d'esprit et un rare
talent pour la poésie. Elle dut à ce talent la grâce
de son père Étienne Pascal, injustement soupçonné
d'avoir pris part à des troubles, et obligé de fuir la
colère du cardinal de Richelieu. La duchesse d'Aiguillon, nièce de ce redoutable ministre, voulant
procurer un divertissement à son oncle en faisant
représenter devant lui par de jeunes filles *l'Amour
tyrannique*, tragi-comédie de Scudéry, invita les
jeunes Pascal, déjà connues par les grâces de leur
esprit, à remplir un rôle dans cette pièce. L'aînée,
Gilberte, qui, depuis la mort de leur mère et dans
l'absence de leur père, était le chef de la famille,
quoiqu'elle n'eût guère plus de seize ans, répondit
fièrement : *Monsieur le cardinal ne nous donne pas assez
de plaisir pour que nous pensions à lui en faire...* La
duchesse insista et fit même entendre que le rap-
pel de leur père pouvait en dépendre. Les amis de

la famille décidèrent alors que Jacqueline accepte-
rait le rôle qui lui était proposé. Le spectacle eut
lieu le 3 avril 1639. Jacqueline, qui n'avait que
treize ans, mit dans son jeu une gentillesse qui
charma tous les spectateurs et surtout Richelieu,
qui ne cessa pas de l'applaudir ; elle profita de ce
moment d'enthousiasme pour obtenir du cardinal
la grâce de son père. Elle fait elle-même le récit
de cette soirée dans une lettre adressée à son père
et restée jusqu'ici inédite. Nous la donnons d'après
le manuscrit de la Bibliothèque-Royale, comme un
monument curieux de ce qu'était déjà à cet âge la
sœur de Pascal :

« Monsieur mon père,

» Il y a longtemps que je vous ai promis de ne
point vous écrire si je ne vous envoyais des vers,
et, n'ayant pas eu le loisir d'en faire (à cause de
cette comédie dont je vous ai parlé), je ne vous ai
point écrit il y a longtemps. A présent que j'en ai
fait, je vous écris pour vous les envoyer et pour vous
faire le récit de l'affaire qui se passa hier à l'hôtel
de Richelieu, où nous représentâmes *l'Amour tyrannique* devant M. le cardinal. Je m'en vais vous
raconter de point en point tout ce qui s'est passé.

Premièrement, M. de Montdory entretint M. le
cardinal depuis trois heures jusqu'à sept heures,
et lui parla presque toujours de vous, de sa part et
non pas de la vôtre, c'est-à-dire qu'il lui dit qu'il
vous connaissait, lui parla fort avantageusement
de votre vertu, de votre science et de vos autres
bonnes qualités. Il parla aussi de cette affaire des
rentes et lui dit que les choses ne s'étaient pas pas-
sées comme on avait fait croire, et que vous vous
étiez seulement trouvé une fois chez M. le chance-
lier, et encore que c'était pour apaiser le tumulte;
et, pour preuve de cela, il lui conta que vous aviez
prié M. Fayet d'avertir M. .... Il lui dit aussi
que je lui parlerais après la comédie. Enfin, il lui
dit tant de choses qu'il obligea M. le cardinal à lui
dire : « Je vous promets de lui accorder tout ce
qu'elle me demandera. » M. de Montdory dit la
même chose à madame d'Aiguillon, laquelle lui
dit que cela lui faisait grande pitié et qu'elle y ap-
porterait tout ce qu'elle pourrait de son côté. Voilà
tout ce qui se passa devant la comédie. Quant à la
représentation, M. le cardinal parut y prendre grand
plaisir; mais principalement lorsque je parlais, il
se mettait à rire, comme aussi tout le monde de
la salle.

» Dès que la comédie fut jouée, je descendis du

théâtre avec dessein de parler à madame d'Aiguillon.
Mais M. le cardinal s'en allait, ce qui fut cause que
je m'avançai tout droit à lui, de peur de perdre
cette occasion-là, en allant faire la révérence à madame d'Aiguillon; outre cela, M. de Montdory me
pressait extrêmement d'aller parler à M. le cardinal. J'y allai donc et lui récitai les vers que je vous
envoie, qu'il reçut avec une extrême affection et
des caresses si extraordinaires que cela n'était pas
imaginable. Car premièrement dès qu'il me vit venir à lui, il s'écria: « Voilà la petite Pascal, » et
puis il m'embrassait et me baisait, et, pendant que
je disais mes vers, il me tenait toujours entre ses
bras et me baisait à tous moments avec une grande
satisfaction, et puis, quand je les eus dits, il me
dit : « Allez, je vous accorde tout ce que vous me
demandez; écrivez à votre père qu'il revienne en
toute sûreté. » Là-dessus madame d'Aiguillon s'approcha, qui dit à M. le cardinal : « Vraiment, monsieur, il faut que vous fassiez quelque chose pour
cet homme-là; j'en ai ouï parler, c'est un fort honnête homme et fort savant; c'est dommage qu'il
demeure inutile. Il a un fils qui est fort savant en
mathématiques, qui n'a pourtant que quinze ans.
Là-dessus, M. le cardinal dit encore une fois que
je vous mandasse que vous revinssiez en toute sû-

reté. Comme je le vis en si bonne humeur, je lui
demandai s'il trouverait bon que vous lui fissiez la
révérence; il me dit que vous seriez le bienvenu,
et puis, parmi d'autres discours, il me dit: Dites à
votre père, quand il sera revenu, qu'il me vienne
voir, et me répéta cela trois ou quatre fois. Après
cela, comme madame d'Aiguillon s'en allait, ma
sœur l'alla saluer, à qui elle fit beaucoup de caresses et lui demanda où était mon frère, et dit qu'elle
eût bien voulu le voir. Cela fut cause que ma sœur
le lui mena; elle lui fit encore grands compliments

et lui donna beaucoup de louanges sur sa science.

On nous mena ensuite dans une salle, où il y eut une collation magnifique de confitures sèches, de fruits, limonade et choses semblables. En cet endroit-là elle me fit des caresses qui ne sont pas croyables. Enfin, je ne puis pas vous dire combien j'y ai reçu d'honneur; car je ne vous écris que le plus succinctement qu'il m'est possible de .... [1] Je m'en ressens extrêmement obligée à M. de Montdory, qui a pris un soin étrange. Je vous prie de prendre la peine de lui écrire par le premier ordinaire pour le remercier; car il le mérite bien. Pour moi, je m'estime extrêmement heureuse d'avoir aidé en quelque façon à une affaire qui peut vous donner du contentement. C'est ce qu'a toujours souhaité avec une extrême passion,

» Monsieur mon père,

» Votre très humble et très obéissante fille

» et servante,

» PASCAL.

« De Paris, ce 4 avril 1639. »

Voici quels étaient les vers adressés à Riche-

[1] Quelques mots sont effacés dans l'original.

lieu et joints à la lettre que nous venons de citer :

Ne vous étonnez pas, incomparable Armand,
Si j'ai mal contenté vos yeux et vos oreilles :
Mon esprit, agité de frayeurs sans pareilles,
Interdit à mon corps et voix et mouvement.
Mais pour me rendre ici capable de vous plaire,
Rappelez de l'exil mon misérable père :
C'est le bien que j'attends d'une insigne bonté ;
Sauvez un innocent d'un péril manifeste.
Ainsi vous me rendrez l'entière liberté
De l'esprit et du corps, de la voix et du geste.

En recevant ces heureuses nouvelles, Étienne Pascal se hâta de revenir à Paris; il se présenta, avec ses trois enfants, à Ruel, chez le cardinal qui lui fit l'accueil le plus flatteur. *Je connais tout votre mérite,* lui dit Richelieu; *je vous rends à vos enfants et je vous les recommande; j'en veux faire quelque chose de grand.*

Deux ans après, Étienne Pascal fut nommé à l'intendance de Rouen, et il alla s'établir dans cette ville avec sa famille. La jeune Jacqueline, qui n'avait cessé de s'exercer à faire des vers, obtint le prix de poésie qui se décernait chaque année à

Rouen à la fête de la Conception de la Vierge, qui
était le sujet même du concours. Quoique ces vers
ne méritent pas d'être cités aujourd'hui, ils eurent
alors un prodigieux succès. Le prix fut remis à Jacqueline en grande pompe, et Corneille, qui habitait
alors Rouen et qui était présent à cette solennité,
fit un impromptu pour célébrer la jeune Muse.
Dès lors le monde la rechercha, et elle aima le monde.
Elle y plaisait par deux qualités rarement unies, une
modestie parfaite et un esprit supérieur. Elle fut
plusieurs fois demandée en mariage, mais ces pro-
positions ne convinrent point à sa famille ; pour
elle, l'étude et les succès qu'elle avait dans le monde
suffisaient à son cœur. Quoiqu'elle fût d'une taille
peu élevée, elle avait de la grâce et une figure char-
mante, mais la petite vérole vint lui enlever ses agré-
ments. Elle s'y résigna de la meilleure grâce du
monde, et composa sur ce douloureux accident
des vers où elle offrait à Dieu le sacrifice de sa
beauté.

Lorsqu'en 1647 Pascal éprouva les premières
vivacités de son zèle religieux, il communiqua ses
sentiments à sa sœur Jacqueline. L'âme de la jeune
fille s'exalta par degrés, et lorsque sa famille quitta
Rouen pour revenir habiter Paris, Jacqueline entra en relation avec Port-Royal et résolut de se

vouer entièrement à Dieu dans ce monastère. Cette
vocation fut longtemps et vivement combattue par
son père et même par son frère, qui, tout en approu-
vant et en partageant sa piété, auraient voulu la retenir auprès d'eux. Elle eut à soutenir à cet
égard des luttes pénibles, dont nous trouvons la
trace dans quelques-unes de ses lettres. Un jour
elle écrivait à son père: « Je vous conjure par tout
» ce qu'il y a de plus saint de vous ressouvenir de la
» prompte obéissance que je vous ai rendue sur la
» chose du monde qui me touche le plus et dont je
» souhaite l'accomplissement avec le plus d'ardeur.
» Vous n'avez pas oublié sans doute cette soumission
» si exacte, vous en parûtes trop satisfait pour
» qu'elle soit sitôt sortie de votre esprit. Dieu m'est
» témoin que je crois avoir fait mon devoir d'en user
» ainsi.... il me fait la grâce d'augmenter de jour en
» jour l'effet de la vocation qu'il lui a plu de me
» donner et que vous m'avez permis de conserver,
» qui est le désir de l'accomplir aussitôt qu'il m'aura
» fait connaître sa volonté par la vôtre... Ce désir
» m'augmente de jour en jour, et je ne vois rien sur
» la terre qui me pût empêcher de l'accomplir si
» vous le vouliez. »

Étienne Pascal ne céda point aux vœux de sa
fille, son cœur de père ne pouvait se décider à

cette séparation. Il emmena Jacqueline en Auvergne ; elle y demeura dix mois dans la retraite, uniquement occupée à la prière et à des œuvres de charité. Sa sœur, madame Périer, habitait aussi Clermont ; elle partageait les sentiments chrétiens de Jacqueline, et, de concert avec elle, elle les inspirait à sa jeune famille.

Jacqueline quitta l'Auvergne pour suivre son père à Paris, et peu de temps après (en 1651) elle eut la douleur de le perdre.

Alors rien ne put la retenir dans le monde, et malgré les efforts de son frère elle résista et prit le voile à Port-Royal, où elle fit profession sous le nom de sœur Jacqueline de Sainte-Euphémie. Pascal s'irrita de cette résolution : après avoir ressenti durant quelque temps une ardeur religieuse qu'il avait lui-même inspirée à sa sœur, il était revenu insensiblement au monde, il aimait le luxe, le jeu, avait des chevaux, un grand train, et, sans tomber tout-à-fait dans le déréglement, il était bien loin de ces idées de retraite et de vie chrétienne dont le premier il avait donné le goût à sa sœur Jacqueline. Triste de cette opposition, elle lui écrivit :
« J'ai besoin de votre consentement et de votre
» aveu que je demande de toute l'affection de mon
» cœur, non pas pour pouvoir accomplir la chose,

» puisqu'ils n'y sont pas nécessaires, mais pour
» pouvoir l'accomplir avec joie, avec repos d'esprit,
» avec tranquillité ; car sans cela je ferais la plus
» grande, la plus glorieuse et la plus heureuse ac-
» tion de ma vie avec une joie extrême mêlée d'une
» extrême douleur et dans une agitation d'esprit
» indigne d'une telle grâce. Je ne crois pas que
» vous soyez assez insensible pour vous pouvoir ré-
» soudre à me causer un si grand mal. C'est pour
» votre considération que je ne suis pas à Port-
» Royal depuis plus de six mois ; il est juste que les
» autres se fassent un peu de violence pour me
» payer de celle que je me suis faite depuis quatre
» ans. Faites de bonne grâce ce qu'il faut que vous
» fassiez, c'est-à-dire en esprit de charité, et ne me
» donnez point de déplaisir, car il me semble que
» je ne vous en ai point donné. » Chose pénible à
constater quand il s'agit d'un aussi grand esprit,
un des motifs de l'opposition de Pascal à la vocation de sa sœur était la contrariété qu'il éprouvait
d'être obligé de lui compter une dot. Il finit par
s'y déterminer ; mais la mère Angélique, supérieure
du couvent de Port-Royal, qui n'avait jamais voulu
qu'on le pressât à ce sujet, lui fit dire et lui déclara
elle-même : *qu'il sondât son cœur pour ne point agir*
par un principe tout humain, et qu'elle aimait mieux

qu'il ne donnât rien que de ne point le faire par l'esprit de Dieu. Pascal fut frappé de ce désintéressement vraiment chrétien, et, plus tard, qui mieux que lui sut le mettre en pratique? Quoi de plus touchant que les dernières années de sa vie, lorsque, se dépouillant lui-même, il répandait en bienfaits sur les pauvres cette fortune auquel le monde l'avait autrefois momentanément attaché! La religion, en s'emparant souverainement de cette âme, lui inspira une charité divine. C'est alors qu'il traça ces touchantes paroles : « J'aime la pauvreté parce que » Jésus-Christ l'a aimée; j'aime les biens parce » qu'ils donnent moyen d'en assister les miséra- » bles. » Les visites que Pascal fit à sa sœur Jacqueline le détachèrent insensiblement du monde, et bientôt il l'abandonna entièrement pour aller vivre dans la compagnie de ces grands solitaires de Port-Royal, qui étaient alors l'exemple du monde chrétien. Elle lui écrivit à ce sujet : « Mon très » cher frère, j'ai autant de joie à vous trouver gai » dans la solitude que j'avais de douleur quand je » voyais que vous l'étiez dans le monde. Je ne sais » comment M. de Sacy (le traducteur de la Bible, » supérieur à Port-Royal de la communauté des » hommes) s'accommode d'un pénitent aussi ré- » joui, et qui prétend satisfaire aux vaines joies et

» aux vanités du monde par des joies un peu plus
» raisonnables et par des jeux d'esprit plus permis,
» au lieu de les expier par des larmes conti-
» nuelles. Pour moi, je trouve que c'est une péni-
» tence bien douce; il n'y a guère de gens qui n'en
» voulussent faire autant.» Et plus loin : «J'ai éprouvé
» la première que la santé dépend plus de Jésus-
» Christ que d'Hippocrate, et que le régime de
» l'âme guérit le corps. »

Il n'entre point dans le cadre de cet article de
dire tout ce que fit depuis Pascal pour cette communauté religieuse, à laquelle (sans pourtant entrer dans les ordres) il s'était attaché. Quand Port-
Royal fut attaqué par les jésuites, Pascal écrivit
pour le défendre ses fameuses *Lettres provinciales*,
et il fut jusqu'à sa mort le champion le plus ardent
de ce monastère et le plus ferme appui de la religion. Revenons à Jacqueline Pascal, ou plutôt à
sœur Euphémie, ainsi qu'on la nommait au couvent ; sa sœur, madame Périer, lui avait confié ses
deux filles, qui entrèrent à Port-Royal comme
pensionnaires en 1653. La cadette, nommée Margot (abréviation de Marguerite), était affectée
d'une fistule à l'œil qui avait gagné le nez et qui
menaçait d'envahir tout le visage. Le mal avait
fait de tels progrès que sœur Jacqueline écrivit à

madame Périer, dans la matinée du 24 mars 1656,
que les médecins avaient décidé qu'il faudrait
faire l'opération du feu à la pauvre enfant avant
la fin du printemps; mais le vingt-neuf du même
mois Jacqueline annonce à sa sœur la guérison su-
bite et complète de sa nièce, opérée par un miracle.

Laissons-la parler : « Quoique je vous aie écrit
» vendredi dernier, ma chère sœur, je le fais en-
» core cependant aujourd'hui. Vous aurez sans
» doute de la joie d'apprendre que votre aînée doit
» être confirmée et faire sa première communion
» dimanche deux avril. Elle me l'a dit ce matin en
» se recommandant à mes prières, avec tant de sen-
» timent qu'elle en pleurait. Voilà une bonne nou-
» velle; mais j'en ai encore une autre qui n'est pas
» en effet meilleure, mais plus étonnante. Pour
» vous la dire telle qu'elle est, sans rien accroître
» ni diminuer, il faut vous raconter simplement
» comment la chose s'est passée. Vendredi, vingt-
» quatre mars 1656 (le même jour où elle avait écrit
» à sa sœur que les médecins se décidaient à l'opé-
» ration du feu), M. de la Potherie, ecclésiastique,
» envoya céans à nos mères un fort beau reliquaire
» où est enchâssé, dans un petit soleil de vermeil
» doré, un éclat d'une épine de la sainte couronne.

» Afin que toute notre communauté eût la consola-
» tion de le voir avant que de le rendre, on le mit
» sur un petit autel dans le chœur avec beaucoup
» de respect, et toutes les sœurs l'allèrent baiser à
» genoux après avoir chanté une antienne en l'hon-

» neur de la sainte couronne; après quoi tous les
» enfants y allèrent l'un après l'autre. Ma sœur Fla-

» vie, leur maîtresse, voyant approcher Margot
» (Marguerite), qui en était tout proche, lui fit signe
» de faire toucher son œil, et elle-même prit la
» sainte relique et l'y appliqua sans réflexion. Cha-
» cun s'étant retiré, on la rendit à M. de la Po-
» therie.

» Sur le soir ma sœur Flavie, qui ne pensait plus
» à ce qu'elle avait fait, entendit Margot qui disait
» à une de ses petites sœurs : *Mon œil est guéri, il ne*
» *me fait plus de mal.* Ce ne fut pas une petite sur-
» prise pour elle : elle s'approcha et trouva que
» cette enflure du coin, qui était le matin grosse
» comme le bout du doigt, fort longue et fort dure,
» n'y était plus du tout, et que son œil, qui faisait
» peine à voir avant l'attouchement de la relique,
» parce qu'il était fort pleureux, paraissait aussi
» sain que l'autre, sans qu'il fût possible d'y
» remarquer aucune différence ; elle le pressa, et
» au lieu qu'auparavant il en sortait toujours de la
» boue ou du moins de l'eau bien épaisse, il n'en
» sortait rien, non plus que du sien propre : je vous
» laisse à penser dans quel étonnement cela la mit.
» Elle ne s'en promit rien néanmoins et se contenta
» de dire à la mère Agnès ce qui en était, attendant
» que le temps fît paraître si la guérison est aussi
» véritable qu'elle paraît.

»La mère Agnès eut la bonté de me le dire le
» lendemain matin, et comme on n'osait espérer
» qu'une si grande merveille se fût faite en si peu
» de temps, elle me dit que si la petite continuait
» à se bien porter et qu'il y eût apparence que
» Dieu la voulût guérir par cette voie, elle prierait
» bien volontiers M. de la Potherie de nous refaire
» la même faveur qu'il nous avait faite, en prêtant
» la relique pour achever le miracle. Mais jusqu'ici
» il n'a pas été nécessaire, car, encore qu'il y ait
» huit jours que cela soit passé, parce que je n'ai
» pu achever cette lettre mardi dernier, il n'y a pas
» en elle la moindre trace de son mal, et il faut à
» présent, sans comparaison, plus de foi à ceux qui
» ne l'ont pas vue pour croire qu'elle l'a eu qu'il
» n'en faut à ceux qui l'ont vue pour croire qu'elle
» n'en peut avoir été guérie en un moment que
» par un miracle aussi grand et aussi visible que de
» rendre la vue à un aveugle. Elle avait, outre son
» œil, plusieurs autres incommodités qui en procé-
» daient : elle ne pouvait presque plus dormir de la
» douleur qu'il lui faisait ; elle avait deux endroits
» à la tête où on ne la pouvait presque peigner,
» parce que cela répondait là. Il n'y a guère que
» deux jours que moi-même regardant son mal, il
» me fit venir la larme à l'œil, et je trouvai qu'il

» commençait à sentir mauvais ; présentement il n'y
» a rien de tout cela, non plus que s'il n'y avait
» rien eu. »

L'auteur d'*Athalie,* le grand Racine, dans son
histoire de *Port-Royal,* écrite d'une prose harmo-
nieuse et pure qui rappelle la beauté de ses vers,
parle avec détail de ce miracle de la sainte épine.
Toute la France en fut émue : les plus célèbres médecins du temps, parmi lesquels on doit citer Félix,
premier chirurgien, et Bouvard, premier médecin
du roi, le constatèrent par des certificats, et les
ennemis mêmes de Port-Royal n'osèrent le nier.
Sœur Jacqueline, qui depuis sa profession avait re-
noncé à la poésie, crut devoir célébrer dans des
vers cette faveur divine. Nous allons citer des frag-
ments de cette longue pièce, qui a pour titre :
Gloire à Jésus au Saint-Sacrement de l'autel. On sent
dès le début une inspiration qui vient du ciel et
qui tend à remonter vers sa source :

Invisible soutien de l'esprit languissant,
Secret consolateur de l'âme qui t'implore,
Espoir de l'affligé, juge de l'innocent,
Dieu caché sous le voile où l'Église t'adore,
Jésus, de ton autel, jette les yeux sur moi ;
Fais-en sortir ce feu qui change tout en foi,

Qu'il vienne heureusement s'allumer dans mon âme ,
Afin que cet esprit qui forma l'univers
Montre , en rejaillissant de mon cœur dans mes vers ,
Qu'il donne encore aux siens une langue de flamme...

Suit la peinture détaillée du mal de la jeune
Marguerite ; description trop longue et parfois re-
poussante, dont nous ne donnerons que quelques
vers :

Son teint défiguré, son œil horrible à voir,
Son odorat perdu , sa parole affaiblie ,
Faisaient à son abord aisément concevoir
La grandeur du péril qui menaçait sa vie ;
Même les médecins, consultés de nouveau ,
Souhaitaient , par pitié , de la voir au tombeau ,
N'espérant presque plus en la science humaine ;
Il lui fallait neuf fois faire sentir le feu ,
Sans peut-être pouvoir empêcher que dans peu
Ce mal ne la rongeât ainsi qu'une gangrène.

Et ici sa poésie reprend quelque inspiration :

Dans ce mois que Jésus mourant pour notre amour
A voulu consacrer de son sang adorable ,
A l'heure do midi de ce céleste jour

21

Que son dernier festin nous rend si mémorable,

.   .   .   .

Ce mal, qui surpassait tout ce qu'on en peut croire
Par le pouvoir secret d'un saint attouchement,
Se trouve anéanti dans le même moment,
Sans qu'il en reste rien que la seule mémoire.
Qui n'a senti, Seigneur, dans cet évènement,
Cette sainte frayeur qu'excite ta présence?
Qui s'est pu garantir d'un secret tremblement,
Te voyant dans l'effet de ta toute-puissance?
Que s'il est vrai qu'ici, dans l'ombre de la foi,
Ta présence secrète imprime tant d'effroi;
Lorsque tu ne parais que pour être propice,
Que sera-ce, Seigneur, alors qu'au dernier jour,
Couvrant de ta fureur l'excès de ton amour.
Tu ne te feras voir que pour faire justice?

M. de la Potherie, cet ecclésiastique qui avait
prêté aux religieuses le reliquaire de la sainte
épine, en fit don au monastère, et au mois d'octobre de la même année on célébra une messe publique d'action de grâces dans l'église de Port-Royal
pour remercier Dieu du miracle qu'il avait opéré.
Laissons encore la sœur Jacqueline raconter à madame Périer cette fête toute chrétienne :

« On nous fit commencer la solennité dès la
» veille, et nous chantâmes vêpres de la sainte cou-

» ronne, de laquelle nous fîmes office double le
» vendredi, en chantant toutes les heures, les
» chantres tenant le chœur comme aux grandes so-
» lennités. Afin que rien n'y manquât, ma petite
» sœur Marguerite était au chœur parmi les novi-
» ces, parce que c'était sa fête (car les pensionnaires
» n'y viennent pas d'ordinaire).

   » Le lendemain dès le grand matin il se trouva
» à l'église quantité de monde, quoiqu'il plût beau-
» coup. On dressa dans notre chœur un petit autel
» contre la grille, qui demeura ouverte, paré de
» blanc et couvert d'un beau voile de calice, sur
» quoi notre mère posa le reliquaire de la sainte
» épine, environné de quantité de lumières. M. le
» grand-vicaire, qui faisait la cérémonie, le vint
» prendre avec la croix, accompagné de seize dia-
» cres qui tenaient des cierges allumés, et il le
» porta couvert du dais, comme à la procession du
» Saint-Sacrement, jusqu'à l'autel, deux diacres
» l'encensant continuellement, et il le posa sur un
» petit tabernacle bien paré qu'on avait fait exprès.
» Cependant toutes les sœurs, ayant leurs grands
» voiles baissés, chantèrent à genoux devant la grille
» l'hymne *Exite filiæ Sion* et l'antienne *O corona*.
» Elles avaient des cierges allumés aussi bien que
» la petite guérie, qui était devant notre chœur,

» tout devant la grille, habillée en séculière fort
» proprement mais fort modestement avec une
» robe grise et une coiffe, et à genoux sur deux
» grands carreaux, afin qu'elle fût assez haut pour
» être vue d'une foule de peuple qui grimpait où il
» pouvait pour la voir.

» On ôta ensuite le petit autel, et M. le grand-
» vicaire dit la sainte messe, qui fut chantée avec
» beaucoup de solennité. Pendant quoi le milieu
» de la grille demeura ouvert, afin que le peuple
» eût la consolation de voir la petite, qui en était
» proche sur un prie-Dieu couvert d'un tapis; et il
» y avait un cierge allumé devant elle, et derrière
» une chaise pour s'asseoir quand elle en aurait
» besoin. Elle demeura là avec autant d'assurance
» que si c'eût été sa place ordinaire, se levant et
» s'agenouillant quand il le fallait avec autant de
» modestie que si elle eût été bien dévote, et d'aussi
» bonne grâce que si on lui eût bien fait étudier.

» La messe étant achevée, on ouvrit la grille en-
» tière, on remit le prie-Dieu, et nous descendîmes
» toutes dans les chaises des novices, avec des cier-
» ges allumés. Le *Te Deum* fut chanté, pendant
» quoi le célébrant, après avoir encensé la sainte
» épine, l'adora le premier, puis la donna à baiser à
» tous les ministres de l'autel . . . . . Je n'ai ni

» le temps ni le pouvoir de vous dire mes senti-
» ments sur ce sujet : je crois que vous en jugerez
» par les vôtres. Tout ce qui regarde Dieu est inef-
» fable et s'entend beaucoup mieux par l'expérience
» que par des paroles. Prions Dieu seulement qu'il
» nous fasse avoir toujours présente au cœur une
» aussi grande merveille, et que le temps ne la
» fasse pas vieillir à notre égard... Je ne vois plus
» goutte que pour vous dire que madame d'Aumont,
» qui a beaucoup de bontés pour nous, vous envoie
» le portrait de ma petite sœur Marguerite en
» taille douce, ne doutant point que vous n'ayez
» bien envie de l'avoir. On l'a fait toucher par la
» sainte épine. »

Celle sur qui s'était opéré ce miracle, la jeune
Marguerite, consacra toute sa vie à Dieu et aux
bonnes œuvres ; elle mourut à Clermont, à l'âge
de quatre-vingt-sept ans.

Les jours de sœur Jacqueline furent moins longs.
Depuis le miracle de la sainte épine jusqu'à sa
mort, nous ne rencontrons aucun évènement bien
saillant dans cette vie régulière et cachée dont les
saintes années se déroulaient sans laisser d'autres
traces que celles qu'elles impriment à l'âme, traces
intérieures à jamais ignorées du monde.

Nommée sous-prieure et maîtresse des novices.

sœur Jacqueline écrivit sur l'éducation des filles
des règlements qui approchent, comme pureté et
affection évangélique, des pages que Fénélon nous
a laissées sur le même sujet. Si aucun évènement
particulier ne marqua les dernières années de
Jacqueline, elles furent pourtant troublées par
la persécution qui frappa le monastère de Port-
Royal.

Nous n'entrerons pas ici dans les détails de ces
jours malheureux, auxquels la sœur de Pascal ne
survécut point ; forcée par des ordres supérieurs
de signer le *formulaire*, acte de foi par lequel les
religieuses déclaraient adhérer à un point de
discussion théologique que réprouvait pourtant
leur conscience, Jacqueline s'écria, après avoir
signé :

— Je serai la première victime de mon obéissance.

En effet, peu de jours après, elle tomba malade,
et expira, âgée de trente-six ans, le 4 octobre
1664. Toute la communauté fut en larmes ; M. Sin-
glin, directeur de Port-Royal, prononça d'elle un
touchant éloge : elle ne laissa pas un nom glo-
rieux selon la terre, elle avait cherché mieux que
cela.

Par la supériorité de son esprit, elle aurait pu

briller dans le monde, elle préféra la solitude, le renoncement et l'oubli du cloître. Celles qui, douées comme elle, ont choisi une route opposée, ont pensé peut-être bien des fois que la voie de Jacqueline Pascal était encore la meilleure.

CÉCILE

ou

LES DEUX SOEURS.

A ses jeunes enfants ma mère aimait à dire
Une histoire naïve, inimitable à l'art,
Mais touchante et sublime alors que son regard,
Son geste, son accent, son céleste sourire

Peignaient des sentiments que l'art ne peut décrire,
Et qui de son récit jaillissaient au hasard.

Elle avait une sœur, vierge candide et pure,
Qui tenait plus de Dieu que de la créature,
Ange qu'à son amour ravit un prompt trépas,
Qui glissa sur la terre et qui n'y toucha pas.
Jamais esprit plus pur, jamais formes plus belles ;
Elle avait tout d'un ange, âme et corps, moins les ailes,
Les ailes qu'en venant vers nous elle quitta
Pour les reprendre aux cieux lorsqu'elle y remonta.
Elle est morte à quinze ans, dans une paix profonde,
Avant d'avoir ouvert son âme chaste au monde ;
Morte ne connaissant que le toit paternel,
Que l'église des champs dont elle ornait l'autel,
Que les pauvres venant recevoir le dimanche
L'aumône qui tombait de sa main frêle et blanche,
Et que la croix de pierre, au coteau se penchant,
Qui la voyait prier chaque soleil couchant.
Cécile, ce doux nom, ce nom plein d'harmonie
D'une femme qui fut sainte par le génie,
Qui, sentant dans son sein des arts le noble feu,
Y consumait son âme et l'élevait vers Dieu
Dans des chants qu'écoutait la terre recueillie ;
Mais qu'elle dérobait au monde où tout s'oublie,
Pour aller dans les lieux au Seigneur consacrés
Épancher son génie en des hymnes sacrés ;
Cécile était son nom, et, comme sa patronne,

Elle savait des chants pour Dieu, pour la Madone,
Pour les saints du hameau qu'on chômait chaque mois ;
Et quand près de l'autel elle élevait la voix,
Aux accents échappés de cette âme angélique,
Qui peignaient sa candeur dans un pieux cantique,
Les naïfs habitants du village, à genoux,
Disaient : « Un séraphin est venu parmi nous! »
Elle ne savait pas que cette voix si belle
Attirait tous les yeux et tous les cœurs vers elle ;
Elle ne savait pas que son âme et son corps
Avaient reçu du ciel de magiques trésors,
Et que dans les cités, en voyant tant de grâces,
Les hommes éperdus auraient suivi ses traces,
Apportant à ses pieds et richesse et grandeur
Pour obtenir l'amour d'un ange de candeur;
Non, elle s'ignorait, et, simple jeune fille,
Pour elle l'univers était dans sa famille,
Dans ce cercle borné qui suffit à nos jours
Lorsque les passions n'en troublent pas le cours.
Ainsi, comme la source errante et diaphane
Qui ceint de ses flots purs le vallon de Servanne
Sans refléter jamais la fange où la cité,
Ainsi coulait sa vie, onde de pureté.

Un jour, près du foyer qui chaque soir rassemble
Et l'aïeule, et la mère, et les deux sœurs ensemble,
D'un tissu précieux nuançant les couleurs,
Cécile sous ses doigts faisait naître des fleurs,

Et, les regards baissés, en guidant son aiguille,
Rêveuse, elle écoutait discourir sa famille.

Assise au coin du feu dans l'antique fauteuil,
L'aïeule aux cheveux blancs disait avec orgueil
Comment son noble époux, au passage d'un prince,
Présidait les États de toute la province,
Et comment, de son siége, il avait fièrement
Réprimandé le prince au nom du parlement.

« Oh! je fus, ce jour-là, reine de la Provence!
Mais ma vie est finie et le trépas s'avance;
Je n'ai plus, disait-elle, espoir dans l'avenir,
Je ne vis désormais que par le souvenir. »
— « La mort! chassez bien loin cette pensée amère,
S'écriait Henriette (Henriette, ma mère!),
Dans vos petits enfants ne renaissez-vous pas?
L'an passé, lorsqu'au bal vous suivîtes mes pas,
Ne vous ai-je pas vue heureuse et rajeunie?
Quand, pour ouvrir la fête offerte à son génie,
Cet homme aux traits hideux, mais à l'esprit si beau,
Que vous nommez, je crois, comte de Mirabeau,
Pour danser avec lui tout à coup m'a choisie,
Chaque femme en devint pâle de jalousie;
Vous seule me suiviez d'un regard triomphant
Et partagiez l'orgueil de votre heureuse enfant. »
Et l'aïeule charmée embrassait Henriette,
Dont l'âme s'éveillait innocente et coquette,
Et qui brodait, rieuse, une robe de bal,
Rêvant fête et succès dans son cœur virginal.

Cécile, à côté d'elle, écoutait sans comprendre
Les projets d'un plaisir qu'elle n'eût osé prendre;
Le monde était pour elle encore sans douceur :
Lorsque dans une fête on conduisait sa sœur,
Résistant aux désirs mondains de son aïeule,
Aux champs, près de sa mère, elle demeurait seule.

Et sa main répandait sur le pauvre oublié
L'argent qu'à se parer elle aurait employé.
C'est que son âme pure, ineffable mystère,
Sentait qu'elle n'avait qu'à passer sur la terre,
Et que l'exil commun, pour elle raccourci,
Rapide, en peu de jours devait finir ici.
On voyait, au souris de sa lèvre si pâle,
A son teint transparent et blanc comme l'opale,
A la veine d'azur qui cernait ses doux yeux,
Qu'elle devait bientôt s'en retourner aux cieux.
Ce soir-là, l'incarnat se jouait sur sa joue
Comme un rayon pourpré qui sur l'onde se joue,
Et, sur son chaste front de cheveux blonds voilé,
Répandait mollement son reflet ondulé;
Quelquefois s'échappait de sa poitrine frêle
La toux qui la tuait et la rendait plus belle;
Quand vers sa joue alors son sang se refoulait,
Sa mère lui tendait une tasse de lait,
Et la vierge y trempait sa lèvre pure et rose;
Puis, reprenant la fleur sur son ouvrage éclose,
Ignorante d'un mal dont on meurt sans souffrir,
Elle laissait gaîment son aiguille courir.
Ce n'était point l'écharpe ou la robe émaillée
Qu'elle voulait ce soir finir dans la veillée,
C'était le voile blanc du calice divin
Où le prêtre en sang pur transformera le vin,
Cachant le corps du Christ sous l'éclat du ciboire,
Et le vase sacré sous les plis de la moire.

Artiste consacrée à l'autel du Seigneur,
Surpassant la peinture en relief, en fraîcheur,
Cécile avait brodé sur l'étoffe onduleuse
L'agneau pascal portant la croix miraculeuse;
Des gouttes d'un sang pur s'échappaient de son sein
Et tombaient sur des fleurs à l'entour du dessin,
Puis, de ses ailes d'or couronnant ce symbole,
La colombe au tableau formait une auréole.

La vierge, avec amour soignant chaque détail,
Avait presque achevé son patient travail.
Il ne lui restait plus à broder qu'une feuille
Des roses où le sang rédempteur se recueille;
Mais, pour la terminer, le fil vert et soyeux
A manqué tout à coup à ses doigts gracieux,
La bobine d'émail, de soie est dépouillée,
Il ne lui reste pas une seule aiguillée.
Comment faire? il est tard, le village est lointain,
Son ouvrage à l'église est attendu demain;
Demain, jour de Noël, elle a fait la promesse
De l'offrir à l'autel à l'heure de la messe,
Et voilà qu'arrivée à la dernière fleur,
La soie est épuisée. Alors, dans sa douleur,
Cécile regardait en pleurant son ouvrage,
Et sa sœur souriait : « Enfant, reprends courage,
» Viens, je crois avoir vu de la soie à broder
» Dans le bahut gothique; allons sans plus tarder. »
Et les deux jeunes sœurs s'élancent, et, joyeuses,

Traversent un grenier aux murailles poudreuses.
Dans un angle, une caisse, en cuir noir damassé,
S'étalait au milieu des débris du passé,
De ces meubles vieillis qu'une mode nouvelle
Jette au rebut après un service fidèle :
Ainsi nous délaissons nos parents, nos amis,
Qui sont auprès de nous dans la tombe endormis.
Pourtant ce coffre antique à couverture noire
Au château rappelait une touchante histoire :
Une enfant du hameau, mariée au Brésil,
N'avait trouvé là-bas qu'une terre d'exil.
Quand la mort amena sa dernière journée,
« Je veux dormir, dit-elle, aux lieux où je suis née ! »
Et ses filles en pleurs jurèrent qu'au hameau,
Auprès de sa famille, elle aurait un tombeau.
Pour accomplir ce vœu, traversant l'onde amère,
Elles vinrent en France ensevelir leur mère ;
Mon aïeule au château les reçut, et leurs jours
Sous ce toit protecteur achevèrent leur cours.
A leur mort, ma grand'mère entendit les créoles
Lui murmurer tout bas quelques vagues paroles :
« De notre gratitude acceptez ce tribut, »
Disaient-elles, du geste indiquant le bahut ;
Puis leur mourante voix manquant à leur pensée
S'éteignit sans finir la phrase commencée.
Et lorsque dans ce meuble on voulut regarder,
On découvrit au fond de la soie à broder
Sur mille pelotons de couleurs variées ;

Puis des flèches, des arcs, des aigrettes ployées,
Des pannes de sauvage, et ces objets divers,
Reconnus sans valeur, furent livrés aux vers ;
Et l'on avait laissé dormir la vieille caisse
Jusqu'au jour où les sœurs vinrent dans leur détresse
Chercher le fil soyeux nécessaire à finir
Ce voile qu'à l'autel demain on doit bénir.
Parmi les pelotons la nuance est trouvée ;
La première aiguillée est d'abord enlevée,
Et la soie apparaît dans toute sa fraîcheur.
Tandis qu'on la dévide, ô surprise, ô bonheur !
Un petit lingot d'or, caché sous la pelote,
S'échappant de la soie à mesure qu'on l'ôte,
Retombe sur le sol et bondit bruyamment.
Les sœurs restent sans voix dans leur étonnement :
Dans chaque peloton un lingot se recèle ,
A leurs pieds leur trésor grossit et s'amoncèle ;
Alors, formant tout haut mille vœux différents,
Elles courent porter cet or à leurs parents.
L'aïeule, présidant un conseil de famille,
En fit deux lots pareils pour chaque jeune fille ;
Et Cécile au village alla le lendemain
Distribuer sa part aux pauvres du chemin.

Mais lorsque du bahut elle conta l'histoire,
A son naïf récit on ne voulut pas croire ,
On criait au miracle en voyant ce trésor ;
On disait qu'elle avait changé la soie en or,

Qu'elle était un sainte ici-bas descendue,
Et que bientôt au ciel elle serait rendue.

On dit vrai ; car un an à peine s'écoula
Qu'en souriant, vers Dieu Cécile s'envola.

Cécile distribuant sa part aux pauvres.

SOUVENIRS DE JEUNESSE.

A MA FILLE.

SOUVENIRS DE JEUNESSE.

A MA FILLE.

Oh ! que ne puis-je encore habiter sous ton aile ,
Dans la maison des champs , la chambre maternelle !
Près de toi que ne puis-je y dormir chaque nuit ,
Jusqu'à l'heure où renaît la lumière et le bruit ,
Jusqu'à l'heure où, toujours la première levée ,

Tu venais en riant, d'une voix élevée,

M'éveiller et finir ces rêves orageux

Qui, pour moi, de l'enfance empoisonnaient les jeux.

Ces rêves, dont j'étais jour et nuit poursuivie,

Qui formaient, dans ma vie, une seconde vie

Idéale, sublime, et qui tue à jamais

L'existence réelle! Et toi, toi qui m'aimais :

« Enfant, me disais-tu, laisse tout penser grave

A l'âme des vieillards. L'atmosphère est suave,

Viens voir du jour naissant les secrètes beautés ;

Que de naïfs plaisirs ton cœur n'a pas goûtés !

Du luxe et des grandeurs l'âme se rassasie ;

Mais il est une intime et simple poésie

Que pour toi Dieu sema dans les champs d'alentour :

Viens, tu feras des vers sur le lever du jour,

Et ton chant virginal, ainsi qu'une prière

Montera vers le ciel d'où descend la lumière. »

Et, de ma couche alors levant le blanc rideau,

Ma mère, tu semblais soulever le fardeau

Qui pesait sur mon cœur; et, soudain éveillée,

Puis par tes douces mains avec soin habillée,

Après avoir prié pour mon père et pour toi

Le ciel, où maintenant vous priez Dieu pour moi

Après avoir reçu de ta lèvre adorée

Ce baiser du matin dont la mort m'a sevrée,

Plus calme, et ranimant mon cœur à ton amour,

Je te suivais aux champs pour voir lever le jour.

Et d'abord, sous cet orme à l'ombre séculaire,
Qui sur la grande cour dresse un toit circulaire,
Comme pour abriter, avec son vert manteau,
Du soleil du midi les murs blancs du château ;
Sous cet orme où l'oiseau pose son nid de mousse,
Où le coq matinal chante, où la poule glousse,
Où le paon fait briller son plumage étoilé,
D'abord tu t'arrêtais en égrenant du blé ;
Et la poule et le coq à la crête écarlate
Accouraient en frappant le gazon de leur pate ;
Et le paon, déployant sa queue en tournesol,
Leur disputait le grain qui tombait sur le sol ;
Et les oiseaux dans l'air jetaient mille ramages,
Et le soleil jouait dans leurs brillants plumages.

Je rêvais en voyant ta sublime bonté
Embrasser la nature en son immensité,
Se répandre, depuis les douleurs du génie
Jusqu'à l'agneau bêlant, en tendresse infinie,
Et donner à tout être, hélas ! qu'on foule au pié,
Une part de ton cœur, tout amour et pitié.
Je rêvais en voyant tout ce que l'homme blesse,
Misère, probité, génie, amour, faiblesse,
Dans ton âme si grande et si simple à la fois
Trouver un sentiment, des larmes, une voix.
Cette troupe d'oiseaux, à tes pieds accourue,
Peignait la pauvreté, qui, par toi secourue,
Venait à la même heure, au bord de ton chemin,

Recevoir chaque jour l'aumône de ta main.
La mère qu'accablait le poids de ses entrailles
Voyait doubler par toi le froment des semailles ;
Tu cachais sous l'épi, dans nos moissons glané ,
La layette de lin pour l'enfant nouveau-né ;
Puis tu disais, avec un sourire céleste :
« La pauvre femme assise à son foyer modeste ,
Ce soir, en déliant les gerbes du faiscèau ,
De ce fils qu'elle attend trouvera le trousseau ;
Et l'enfant, qui déjà pressentait la misère ,
Tressaillera joyeux dans le sein de sa mère. »

La charité, l'amour, ces divines vertus
Dont pour nous ennoblir Dieu nous a revêtus ;
La charité, ce mot du céleste idiome
Qu'un ange à son berceau dut enseigner à l'homme,
La charité du Christ, qui fit naître la foi ,
O ma mère, elle était inépuisable en toi !
Sur les douleurs du corps, sur les tourments de l'âme,
Sur tout ce qui souffrait tu versais ton dictame ;
Oui, l'amour qui console et guérit, tu l'avais.
Voilà pourquoi, marchant près de toi , je rêvais ,
Pourquoi, quand je sondais ma pensée orgueilleuse,
Qui demandait aux arts une gloire douteuse,
Je me sentais rougir de désirer si peu :
Au lieu de tes vertus, la gloire... Oh ! non , mon Dieu !
La gloire, écho qui meurt, terre un jour éboulée ,
Source qui se dessèche après s'être écoulée ;

La gloire qui n'a pas un ami près de soi ,
Cette gloire , o mon Dieu! détournez-la de moi ,
Et faites-moi chercher la charité féconde
Dont ma mère reçut la couronne en ce monde ,
Et qui vint se pencher riante à son chevet ,
Le jour où son exil ici-bas s'achevait.

SABINE DE VILLEMANE.

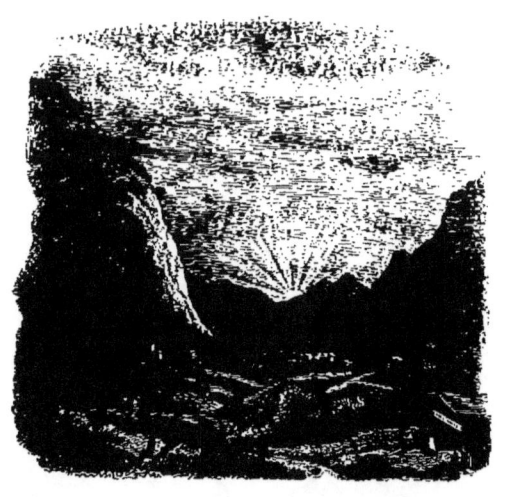

SABINE DE VILLEMANE.

La Provence n'a pas toujours de ces doux hivers durant lesquels les amandiers verdissent et étalent sur les collines la neige de leurs fleurs au lieu de cette neige de frimas qui couvre les coteaux des pays du nord. Dans cette partie de la France trop souvent vantée, et dont le ciel ni le sol ne valent

leur réputation, il y a de rudes hivers, des froids
dévastateurs que le mistral rend plus pénétrants
et plus aigus; parfois l'hiver semble se venger de
sa mansuétude ordinaire, et, comme un homme
habituellement doux et calme, devient terrible
quand il se met en colère. Ainsi, lorsque l'hiver se
déchaîne sous ce ciel si bleu, si transparent, où
le soleil brille par les plus grands froids, il agit
avec une violence inattendue. Il ne s'assombrit
point, ne s'enveloppe pas de brouillards, ne se fond
pas en pluie comme les hivers du Nord : il s'avance
splendide et radieux, armé d'un beau soleil qui se
mire dans ses neiges et ses glaces dures comme du
fer, et qui semble, au lieu de les amollir, les dur-
cir encore sous ses rayons; car le ciel souffle sur
la terre des bises sèches et mordantes qui conden-
sent les gelées. Alors le sol est brûlé par ce froid
dévastateur comme par un incendie ; les feuilles des
orangers se tordent et jonchent la terre; la sève des
oliviers se tarit, et chaque rameau se noircit et se
dessèche comme au toucher des flammes; les her-
bes jaunissent et meurent, et à peine le houx vi-
vace résiste-t-il à ces atteintes foudroyantes.

C'était dans le mois de janvier 1809; or, depuis
1799, jamais l'hiver provençal ne s'était montré
plus violent et plus resplendissant à la fois. Le ciel

avait été toute la journée d'un bleu vif plein d'é-
clat; le soleil, qui ne s'était pas voilé, avait semé
des gerbes d'or sur des champs couverts de neige
glacée, et s'était couché triomphant dans des nua-
ges de pourpre; la nuit était venue toute brillante
d'étoiles et étalant comme une ceinture ondoyante
la voie lactée: on eût dit un magnifique ciel de
printemps, et pourtant l'intensité du froid était
telle que presque toutes les rues de la ville de ***
demeuraient désertes; les maisons restaient hermétiquement closes, les foyers étaient ardents, et
chaque tuyau de cheminée projetait sur le ciel une
épaisse colonne de fumée. Vers neuf heures il se
fit un grand mouvement dans le quartier de la noblesse, et les rues où sont situés les plus riches
hôtels semblèrent sortir de leur solitude et de leur
repos; on vit passer et repasser les porteurs de
chaises, transportant dans ces espèces de cages
dorées l'élite du beau monde. Toute cette noblesse
du vieux temps se rendait à une fête magnifique
donnée par M. Brunn, riche négociant de New-
York. M. Brunn était venu en France pour s'éclairer sur de grandes entreprises industrielles qu'il
voulait fonder aux États-Unis; ses affaires étaient
terminées, et il s'était rendu en Provence pour y
chercher un climat plus doux, plus semblable à

M BRUHL

celui d'Amérique. La saison lui avait fait défaut, et
il attendait la fin de cet hiver rigoureux pour s'embarquer dans le port voisin. Les affaires manquant
à son esprit actif, M. Brunn se décida, pour éviter
les ennuis d'une vie oisive, à dépenser une cen-
taine de mille francs dans des fêtes qui mirent en
émoi et éblouirent toute la province.

Veuf depuis quelques années, M. Brunn avait
deux filles, l'une âgée de huit ans, l'autre de dix ;
son immense fortune devait être partagée entre ces
deux enfants ; il veillait sur elles avec une tendresse
pleine de sollicitude, et pour rien au monde il
n'eût consenti à s'en séparer. Voulant faire choix
pour elles d'une institutrice habile, il se disposait
à aller à Genève avant de quitter l'Europe (on sait
que Genève est une pépinière d'institutrices) ; devant partir dans peu de jours, il donnait ce soir-
là son bal d'adieu. Les deux reines de la soirée,
celles qui étaient le plus fêtées, le plus admi-
rées, c'étaient les demoiselles de Villemane, sœurs
jumelles de vingt ans, également touchantes de
grâce, de fraîcheur et de cette candeur virginale
qui ajoutait au charme de leur esprit et de leur
beauté. Sabine et Marie (tels étaient les noms des
jeunes filles) n'avaient pas cette identité de visage,
de taille, et cette conformité dans les penchants

SABINE DE VILLEMANE

MARIE DE VILLEMANE

qu'on remarque toujours entre les enfants ju-
meaux ; si leurs traits étaient les mêmes, l'expres-
sion en différait tellement qu'elle en faisait oublier
la ressemblance. Sabine avait un esprit énergique,
une imagination brillante, une instruction supérieure, un cœur qui sentait profondément, et qui,
dans les luttes de la vie, devait toujours accepter
le côté de la souffrance et de la grandeur. Marie
était d'une nature timide et tendre, pleine de douceur et de passive bonté, créée pour un bonheur
sans orage, pour une vie facile et heureuse qu'on
lui faisait sans qu'elle s'en mêlât. L'une était faite
pour le dévouement, l'autre pour la reconnaissance ; l'une aurait su combattre le malheur, l'autre
y aurait cédé soumise et abattue.

Madame de Villemane, l'heureuse mère de Sabine et de Marie, était devenue veuve fort jeune ;
elle avait consacré sa vie entière à ses filles, son
seul amour, la seule passion qui lui restât. Seule
elle voulait veiller sur ses filles ; mais, dans son
humilité maternelle, elle douta d'elle-même et
craignit de ne pouvoir orner leur esprit de cette
instruction facile et de ces talents d'agrément qui
ajoutent aux grâces naturelles des femmes. Elle
alla séjourner à Paris pour diriger l'éducation de
ses filles, et, sous ses yeux, les maîtres les plus

habiles donnèrent un brillant développement à ces
jeunes intelligences.

Aussi, quand madame de Villemane revint en
Provence, toute la petite ville qu'elle habitait s'é-
mut d'admiration à la vue de ses charmantes filles,
et l'on vit bientôt s'empresser auprès d'elles les
jeunes gens de haut rang qui songeaient à se marier. Les demoiselles de Villemane avaient ce qu'on
appelle encore en province une belle fortune : cent
mille francs en dot et cinquante mille francs de
plus après la mort de leur mère ; elles jouissaient
ainsi dans la maison maternelle d'un revenu de
quinze mille francs, revenu regardé comme très
beau dans une petite ville. Ces quinze mille francs
étaient le produit annuel d'une ferme de modeste
apparence, mais entourée de riches et vastes terres plantées d'oliviers. A la place de cette ferme
on voyait autrefois le château de Villemane ; la ré-
volution l'avait rasé, et le père de Sabine et de Marie
avait pensé sagement qu'il lui convenait mieux
de faire valoir ses terres, qui étaient d'un revenu
assuré, que de reconstruire par vanité une habitation qui ne produirait rien.

Madame de Villemane songeait à marier ses filles,
et déjà, dans la ville, on regardait comme décidée
l'union de Marie de Villemane avec Alfred de Bel-

fond, bon et noble jeune homme qui convenait
en tous points à la douce jeune fille, décidée par
le choix de sa mère, heureuse de pressentir qu'elle
serait aimée, et s'abandonnant confiante à toutes
les émotions qui précèdent le bonheur.

Marie était depuis quelques jours la fiancée
d'Alfred de Belfond. Au bal donné par M. Brunn,
elle dansait, rieuse et tendre, avec lui, et lui parlait à mi-voix sans qu'on y trouvât rien à dire ; car
on savait que ces deux jeunes gens, si beaux, si
naturellement heureux, n'auraient bientôt plus
qu'une même destinée et qu'un même nom. Madame de Villemane aurait voulu marier Sabine le
même jour que Marie ; elle avait pensé pour elle
au comte d'Urène, héritier d'un des plus grands
noms de la Provence, plein d'esprit et d'imagination, et qui saurait apprécier, pensait-elle, l'intelligence éclairée et l'âme noble de Sabine ; mais
la jeune fille, pleine de défiance dans l'attente du
bonheur, comme tous les cœurs qui sentent profondément et qui demandent trop à la vie, ne céda pas aussi vite que sa sœur au désir de sa mère.
Elle avait appris que le comte d'Urène, avant de
la demander en mariage, s'était enquis de sa dot,
et la pensée que, elle si fière, si désintéressée
dans ses sentiments, elle aurait pu être marchan-

dée, l'avait blessée vivement; mais depuis que le comte l'avait vue, il s'était efforcé, par son empressement et ses soins respectueux, par toutes les grâces d'un esprit supérieur, d'effacer une impression défavorable, et, à son insu, Sabine avait insensiblement cédé au bonheur de se croire aimée par un homme doué d'une vive intelligence, qui avait vite et habilement compris la nature de cette noble jeune fille, et était parvenu à paraître auprès d'elle un homme de cœur. Le comte d'Urène avait une physionomie mobile et aussi expressive pour le mensonge que pour la vérité. Sabine se crut sincèrement aimée, et en ceci nous n'accuserons pas son esprit d'avoir été en défaut, car la véritable grandeur, la plus incontestable supériorité morale, ce n'est pas de douter du bien, c'est d'y croire parce qu'on le sent en soi. Elle se crut donc aimée, et elle embrassa ardemment ce rêve, elle qui d'abord l'avait repoussé; elle y crut lentement, mais elle y crut enfin avec toute la vivacité de son âme, et le soir de cette fête, tandis que sa sœur se montrait naïvement heureuse aux yeux de tous, Sabine dérobait son bonheur aux regards, mais elle était heureuse aussi. Jamais le comte d'Urène n'avait été plus aimable, plus naturellement bon et spirituel. Il avait dissipé les derniers doutes de Sabine, car ce soir-là, en la voyant si belle, si supérieure aux autres femmes, il la pressa, avec un entraînement qu'il ressentait en effet, de confirmer le consentement qu'il avait obtenu de sa mère. Sabine, pleine de foi en cet amour qu'elle partageait, consentit d'un regard et dit avec émotion :

— Demain on signe le contrat de mariage de ma sœur, venez assister à cette fête de famille.

— On y signera aussi le nôtre! s'écria avec amour le comte d'Urène.

— J'y consens, dit Sabine sans hésiter, car je crois que vous m'aimez.

Et ce bal, qui d'abord s'offrait à son imagination comme un plaisir vague, devint une fête de bonheur. Elle cueillit les blanches fleurs de l'oranger aux vases qui ornaient les salles, et, sans parler, elle en partagea avec celui qu'elle aimait une branche dont ils gardèrent chacun la moitié; puis, échappant au bonheur pour en savourer l'image, elle se réfugia dans les bras de sa mère et lui dit en pleurant :

— Je suis heureuse, heureuse comme Marie.

Sa mère la comprit, et rayonnante elle sortit du bal avec ses deux filles. En descendant le vaste escalier, elle les pressa sur son cœur en pleurant

de joie. Aucune pensée pénible ne vint troubler
le cœur des jeunes filles; elles s'endormirent,
après avoir épuisé ces pures et intimes confiden-
ces qu'elles avaient à se faire, et l'image du lendemain passa dans leurs rêves comme pour leur
faire pressentir des joies inconnues. Au réveil,
elles parlèrent encore de leur amour, elles échan-
gèrent encore leurs touchantes et naïves pensées,
puis elles sentirent le besoin d'aller répéter à leur
mère ce qu'elles s'étaient dit entre elles.

Elles éprouvèrent une triste surprise en ne
trouvant pas madame de Villemane dans sa
chambre.

— Madame est partie pour la ferme au point du
jour, répondit une vieille gouvernante à leurs in-
quiètes questions.

— Ma mère est à la ferme par ce temps si froid !
s'écria Sabine.

— C'est justement cette terrible gelée qui l'a
fait partir, répondit la gouvernante. On craint
que le froid de cette nuit ait tué les oliviers,
et madame votre mère a voulu s'assurer de la
vérité.

— Je vais la rejoindre, dit vivement Sabine;
reste, Marie, ta présence est nécessaire ici.

Et, sans écouter les objections de sa sœur, elle

26

disparut et se fit conduire à la ferme, située dans les environs de ***.

Elle trouva sa mère dans les champs dévastés par le froid : elle explorait courageusement, avec les cultivateurs les plus expérimentés, ces beaux vergers d'oliviers, hier encore si pleins de sève et de vie, aujourd'hui desséchés, tués par la gelée ; car le malheur était réel : une nuit avait suffi pour anéantir les revenus de madame de Villemane et de ses filles. A l'air morne et désespéré de sa mère, Sabine devina toute l'étendue de cette perte ; elle savait qu'après une mortalité d'oliviers les propriétaires ne peuvent espérer avant dix ans aucun revenu de leurs terres ; elle comprit que sa sœur et elle n'avaient plus de dot, et qu'à la perte de leur fortune viendrait se joindre la perte de leur bonheur ; mais elle cacha sa douleur pour ne pas augmenter celle de sa mère.

En voyant son courage et sa résignation, madame de Villemane regarda sa fille avec une tendresse mêlée d'admiration, et, comme pour demander courage à cette âme plus forte que la sienne :

— Que faire ? dit-elle avec abattement et en versant des larmes.

— Écrire à l'instant, répondit Sabine, au no-

taire qui devait passer ce soir notre contrat de
mariage, lui déclarer que nous sommes ruinées,
lui dire d'en répandre la nouvelle dans la ville, de
la faire parvenir au comte d'Urène et au fiancé de
ma sœur, et attendre leur décision. Si le change-
ment de notre fortune les éloigne de nous, nous
n'aurons pas à les regretter, ma mère, et nous
saurons, pour lutter contre le sort, mettre à
profit les talents que vous nous avez donnés.
Si, au contraire, ils nous aiment assez pour
nous épouser sans dot, oh! alors, vous le sen-
tez bien, ma mère, nous serons plus heureuses
qu'hier.

Et la noble jeune fille écrivit elle-même à
l'homme d'affaires de sa mère les détails du désastre qui les ruinait. La nouvelle s'en répandit
bientôt dans la ville, et, quand madame de Villemane et sa fille y arrivèrent, tout le monde en
était instruit. Marie se jeta dans les bras de sa
mère et de sa sœur, mais ce fut sans douleur.

— Il n'est pas changé, s'écria-t-elle rayonnante; il est venu me le dire lui-même, et ce
soir, ma mère, il veut signer le contrat, comme
c'était décidé.

— Je le savais, dit madame de Villemane; Alfred de Belfond est un noble jeune homme!

— Et lui, n'a-t-il pas paru? demanda Sabine d'une voix tremblante.

Le silence que garda sa sœur lui fit comprendre que le comte d'Urène ne s'était pas présenté ; elle pâlit, mais rien ne trahit l'amertume de ses pensées.

Le soir, à l'heure où l'on devait signer le contrat de mariage des deux sœurs, Alfred de Belfond, le fiancé de Marie, arriva avec sa famille. Il était heureux comme un homme qui fait une bonne action. Tous les parents, tous les amis étaient rassemblés ; mais le comte d'Urène, le fiancé de Sabine, n'arrivait pas. Madame de Villemane regardait sa fille avec une sorte d'effroi. Sabine restait morne et silencieuse en face du bonheur de sa sœur et paraissait absorbée dans une méditation accablante. Sa mère voulut la rappeler à ce qui se passait autour d'elle par des paroles affectueuses, mais elle ne répondit point. On essaya de l'éloigner pour lui épargner le spectacle de la félicité de sa sœur; elle ne parut pas comprendre ; mais lorsqu'on fit la lecture du contrat de Marie, au moment où les jeunes époux allaient y apposer leur signature, Sabine se leva :

— Moi aussi, dit-elle, j'ai ce soir un contrat à signer; attendez-moi, mon absence ne sera pas longue.

Et elle s'élança pour sortir; sa mère se précipita sur ses pas.

— Où vas-tu, ma pauvre enfant? s'écria-t-elle avec désespoir; la douleur te fait oublier l'orgueil qui doit soutenir notre infortune.

— Oh! ma mère, dit la jeune fille d'un ton douloureux, vous ne me devinez pas? Laissez-moi accomplir mon dessein.

Et, se dégageant des bras de sa mère, elle franchit l'escalier et sortit.

On entoura madame de Villemane, elle ne put suivre sa fille; on envoya à la recherche de Sabine, et chacun demeurait dans l'attente et l'anxiété, lorsque tout à coup elle reparut, non plus triste, abattue, mais le regard inspiré, le visage rayonnant d'exaltation, et plus belle du reflet de ses nobles pensées.

— Ma mère, dit-elle d'une voix ferme, j'ai aussi un contrat à passer; permettez-moi d'en finir avant ma sœur; la personne qui doit le signer avec moi est là, dans la salle à côté; je vais lui dire d'entrer.

— Quoi! le comte d'Urène? murmurèrent quelques voix.

Sabine jeta autour d'elle un regard plein de fierté, puis elle sortit, et après quelques minutes

elle rentra dans le salon avec M. Brunn. Ce fut un
mouvement de surprise générale ; personne ne devinait ce qui allait se passer.

— Écrivez, dit Sabine au notaire d'un ton d'autorité :

« Entre les soussignés, M. Brunn, négociant à
» New-York, et mademoiselle Sabine de Villemane,
» a été convenu ce qui suit : mademoiselle de Ville-
» mane s'engage à demeurer dix ans dans la maison
» de M. Brunn, en qualité d'institutrice de ses fil-
» les, dont l'éducation lui est confiée dès ce jour,
» et M. Brunn s'engage, de son côté, à payer à ma-
» demoiselle de Villemane une pension annuelle de
» douze mille francs. »

— Et maintenant, dit-elle au notaire, ajoutez
ce que je vais dicter au contrat de ma sœur :

« Je désire que ma bien-aimée Marie accepte
» comme souvenir de moi une pension de cinq mille
» francs, qui remplacera le revenu de la dot qu'une
» nuit de désastre lui a fait perdre. Que ma bonne
» mère me donne la même preuve d'affection, les
» deux mille francs qui me resteront suffiront à mes
» besoins. »

— Ma fille ! s'écria madame de Villemane tout
en larmes, j'ai pu supporter la perte de ma fortune;
mais si je te perdais, je mourrais!

— Eh! puis-je vivre ici? lui dit tout bas la noble
fille; vous oubliez donc qu'il n'est plus de repos
pour moi que dans l'éloignement et l'oubli? C'est
trop de douleur, o ma mère! n'ébranlez pas ma résolution.

Et, pleine de force d'âme, elle signa son engagement avec M. Brunn et l'acte de la donation qu'elle
faisait à sa mère et à sa sœur; puis, comme épuisée par tant d'émotions, elle tomba sans connaissance. Quand elle revint à elle, elle avait enseveli
sa profonde douleur, elle était calme et inébranla-
blement affermie dans sa résolution. Elle passa
quelques jours encore auprès de sa mère; elle fut
témoin du bonheur de sa sœur, et se rappela tristement cette dernière nuit de bal où le même bonheur lui était promis; mais elle ne montra pas un
regret pour ses illusions perdues. Elle ne revit plus
le comte d'Urène et ne prononça jamais son nom.
Elle présenta son absence à sa mère comme une
nécessité.

— Ici, disait-elle, j'aurais troublé par ma présence le bonheur de ma sœur et votre repos; là-
bas je vivrai pour vous dans l'espérance de vous
revoir un jour. Je reviendrai, ajoutait-elle en souriant tristement, quand je serai vieille fille, et alors
je serai l'institutrice des enfants de ma sœur.

Ce fut ainsi. Elle partit, et durant dix ans elle vécut d'une vie de dévouement et de labeurs sur cette terre d'Amérique, où tout lui était étranger. — Elle vit s'épuiser tristement sa jeunesse, sentant au cœur cette blessure toujours saignante d'un amour brusquement détrompé, d'une illusion arrachée sans pitié, perdue sans espoir. Ce qui répandait un peu de calme sur ses souffrances, c'était la pensée du bonheur de sa sœur et de la vie tranquille et honorable qu'elle avait assurée à sa mère par son sacrifice. Le temps n'effaça pas les tristes souvenirs de son âme, mais il se mêla à sa tristesse une gravité douce et ferme à la fois. M. Brunn ne pouvait pas comprendre toute la supériorité d'esprit de mademoiselle de Villemane, mais il sut apprécier la bonté de son cœur et sa grandeur d'âme, et, lorsqu'elle eut terminé l'éducation de ses filles, il lui offrit avec respect de devenir leur mère et de partager sa fortune et son nom. Sabine refusa. Son engagement était rempli : elle voulait revoir sa mère et sa sœur. Après dix ans de lutte, de privation, de travail; après les dix plus belles années de sa vie si tristement dépouillées des joies de la famille, des charmes de la patrie, de toutes ces vives illusions du cœur si hâtivement étouffées pour elle; après ces

dix ans passés dans l'isolement de l'âme, le plus
cruel de tous, elle revint parmi les siens et fut
bénie comme une providence qu'on respecte et
qu'on aime. Elle acheva ses jours en vivant pour
autrui et en cherchant à s'oublier elle-même pour

ne pas trop souffrir. Combien de nobles et jeunes
vies se traînent ainsi! combien d'âmes faites pour
sentir et donner le bonheur auxquelles le bonheur
a failli! combien de cœurs dont les sentiments
sont refoulés! combien, dans ces jeunes femmes

d'élite, dans ces institutrices par dévouement, de
vives intelligences, d'esprits supérieurs, de talents vrais asservis à cette difficile carrière qu'elles
suivent honorablement, pleines de foi et de vertu,
et cachant au monde les qualités brillantes auxquelles le monde aurait applaudi!

A MA FILLE.

Ces récits dédiés à vous deux, o ma fille,
Ne sont plus que pour toi, mon seul bien aujourd'hui :
Ton frère n'est plus là ; de mes bras il a fui,
Il est auprès de Dieu l'ange de sa famille.

Désormais il n'a plus besoin de nos leçons ;
Il pénètre là-haut la sagesse profonde ;
Il sait ce que jamais nul ne sut dans ce monde,
Où, déçus par l'orgueil, ignorants nous passons.

Quand tu me vois pleurer de ces larmes de mère
Dont la source éternelle est dans un souvenir,
Tu me dis, dans ta douce et riante chimère ·
« Il est allé voir Dieu, mais il va revenir ! »

Il ne reviendra pas, o ma pure colombe ;
Mais un jour, lorsqu'ici j'aurai fixé ton sort,
J'irai le retrouver, et, pleurant sur ma tombe,
Alors tu comprendras ce que c'est que la mort !

7 juillet 1844.

FIN.

IMPRIMERIE DE H. FOURNIER. — PARIS. — PROCÉDÉS DE G. SILBERMANN